魔法使いの告白

Izumi Tanizaki
谷崎泉

CHARADE BUNKO

Illustration

陸裕千景子

CONTENTS

七月二十一日、土曜日。朝から雲一つなく綺麗《きれい》に晴れ渡ったその日、瞳《ひとみ》が六年と少し勤めた渋澤《しぶさわ》製作所は最後の日を迎えた。

社長である渋澤が病に倒れ、会社を畳む決意をしたのは桜が花を散らした頃だった。それから三ヶ月余り。徐々に仕事を整理していき、従業員が出勤する最終日が決まったのは先月末だ。それから一日一日を大切に過ごしてきた。

元々土曜は半日だけの出勤で、翌週の段取りや機械の整備などを行ってきた。給与計算の関係でその週を最後とすることになっていたから、土曜も出勤したのだが、仕事はない。長年世話になった工場を丹念に掃除して回り、ぼちぼち過ごして昼を迎えた。

地域の防災無線から流れるサイレンが土曜は終業の合図である。ウオオと鳴り響くサイレンを聞き、瞳は箒《ほうき》とちりとりを手に事務所へ戻った。事務所前には社長と事務経理を担当してきた妻の敦子《あつこ》をはじめ、吉本《よしもと》、大岡《おおおか》、埴輪《はなわ》の三名も集まっており、渋澤製作所全社員が顔を揃えると神妙な空気が流れる。

「ほら、社長。最後になんか挨拶《あいさつ》しないと」

「そういうの、苦手なんだよね。ここは年長者ってことで吉本さんが」

「何言ってんだい。社長はあんただろう」

会社の事務などは敦子が行っていたが、実務は五人で仕事を分担してやってきた。互いをよく知る間柄であるから他人行儀な挨拶をする必要もない。長い間、お世話になりましてありがとうございました…と社長が短い礼を口にして頭を下げると、瞳も他の三名も同じように深々と頭を下げた。

工場は社長の所有であるから、まだ残っている機械を処分した後、貸し出す予定となっている。吉本と大岡は隠居し、社長は敦子と共に隣町へ引っ越す。埴輪は娘のいる浜松へ行くことが決まっている中、瞳の今後だけが決まっていなかった。

「瞳くんの再就職先を決められたらよかったんだが…」

「すみません。我儘《わがまま》を言ってしまって」

高齢者ばかりの渋澤製作所で、唯一、二十代の若者である瞳は、新しい勤め先を探さなくてはいけなかった。廃業すると聞かされた後、就職先を探していたものの、なかなか思うようなところがなくて、終わりの日を迎えた今も決まっていない。

心配した社長が取引先で働けるよう取りはからってくれようとしたのだが、条件が合わない先で働くことに不安があり、話を断っていた。

「車通勤で夜勤もあるというのは…やっぱり…」

「そうだなあ。瞳くんのところの弟も大きくなったとはいえ、まだ下は中学生だし」

「車で三十分以上かかるしな」

った。

「どこかいい就職先が見つかるといいんだが」

「ご心配かけてすみません。なんとか、秋までには決めたいと思ってますから」

しばらくの間は失業保険も下りるし、なんとかやっていけるだろうと話して皆を安心させる。早く就職口を見つけたいという希望はある。が、同時に、瞳には再就職を迷う理由があった。


皆に元気でいてくださいと真摯《しんし》に伝え、別れを告げて、瞳は渋澤製作所を後にした。高校を卒業してから、六年と数ヶ月。毎日通った職場に月曜からは来ないのだと思うと、不思議な感覚がして、現実感が湧《わ》かなかった。寂しいとか哀しいというよりも、夢の中にいるみたいな気分だったのだけど、ぼんやりしているわけにもいかない。

「……買い物していかないと…」

今日は土曜で、少し離れた場所にある大型スーパーでパンが特売されている。昼で仕事が終わる土曜はいつもそこまで足を延ばし、日曜の朝食に使うパンを買って帰るのが常だった。

大型スーパーはパンは安いのだが、他の品はさほどお得ではない。夕食の材料は激安スーパーとして近隣に名を馳《は》せるスーパーひよどりで見繕い、スーパーマーケットの梯子《はしご》をして帰路に就いた。

七月も半ばを過ぎ、夏本番を迎えて毎日暑い日が続いている。土曜ということもあり、海岸線と並行して走る道路には海水浴場へ向かう車の列ができていた。それを横目に瞳は食材を傷ませないように、懸命に自転車を漕《こ》いで自宅を目指す。

穂波《ほなみ》家は夏の喧噪《けんそう》から外れた場所にあるものの、地域一帯を包む賑《にぎ》やかさは伝わってくる。自転車で坂道を上りながら、海水浴なんてずっと行ってないなと思った。少なくとも、両親が亡くなってからは一度も行っていない。

夏だから海で泳ぐなんて、思いつく余裕もなかった。そんな考えが浮かんだのは職場を失《な》くし、行く先がなくなったせいだろうか。月曜からは本格的に就職先を探さなくてはいけないというのに呑気《のんき》なことを…と反省しつつ、辿《たど》り着いた家の門を開ける。自転車を敷地内へ乗り入れると、ガレージは空だった。

「…出かけたのか」

いつも穂波家のガレージには四台の自転車が並んでいる。瞳と弟たち…渚《なぎさ》と薫《かおる》の自転車と、もう一台は居候である仁《じん》のものだ。渚は高校生で薫は中学生であるが、土曜は授業がないため、瞳は弟たちを起こすことなく出勤する。今日も朝出かける時にはまだ寝ている様子だった。部活や補習などで出かけたのかもしれないと思いつつも、仁までいないのが引っかかった。

三人揃って出かけているのだとしたら…なんだか、ろくでもない予感がする。微《かす》かに眉《まゆ》をひそめつつ、瞳は荷物を手に家へ入る。リビングやキッチンのある二階へ上がり、冷蔵庫に買ってきた食材を詰め込んで一息ついた。

穂波家は山間《やまあい》に建つ一軒家で、夏でも窓を開けておくと涼しい風が通る。が、それも限度があり、自転車で坂道を上がってきた身体《からだ》では到底涼を感じられない。冷たい麦茶をグラスに注《つ》ぎ、ごくごく飲むことで身体を冷やした。

「ふう…。……またこんなに減ってる…」

夏場になると冷蔵庫に麦茶を冷やしておくのだが、高校生と中学生という育ち盛りの弟たちががぶ飲みするせいで、瞳は台所に立つたび、麦茶を作らなくてはいけない。ほぼ空になっている水筒に溜《た》め息《いき》をつき、薬缶《やかん》に水を汲《く》んで火をかけた。麦茶のパックを放り込んでから、冷やご飯が残っていたはずだと冷蔵庫を探すものの…。

「…食われたか…」

昨夜《ゆうべ》、余ったご飯を茶碗《ちゃわん》に入れてしまっておいたのに、それが見当たらないのは渚か薫の仕業だろう。朝食用として五合の米を炊き、出勤前に仁と共に一杯ずつ食べた。軽くしか食べていないから、四合は残っていたはずだ。それでも足りなかったのかと、瞳は深い溜め息をついて冷蔵庫のドアを閉める。

穂波家の家計を常に圧迫しているのは紛れもなく食費である。光熱費などを節約しまくっても追いつかないのは、いまだにエンゲル係数が鰻登《うなぎのぼ》りという事実があるからだ。

「最近、薫の奴が前にも増して食うようになってきたからな…」

どちらかといえば小柄な瞳は育ち盛りの時もさほど大食漢ではなかったが、弟たちは違う。にょきにょき伸びる身長は天井知らずで、食欲もそれに比例しているのだ。高二である渚はそろそろ成長が止まるだろうけど、中二の薫はまだまだだろう。

そう、問題は食費だ。憂鬱《ゆううつ》な気分で乾物などを入れてある棚からそうめんを取り出す。鍋《なべ》に湯を沸かし、めんつゆを用意する。時刻は二時近い。遅いお昼だから一束で十分だろうと思い、さっと茹《ゆ》でたそれをざるに取り、冷水で冷やして器に盛りつけた。

一人だし、薬味も省略して、めんつゆに軽くいりごまだけふりかける。それらをテーブルへ運び、いただきますと手を合わせた時だ。一階の玄関から「ただいま～」という声が聞こえてきた。

何やら賑やかな気配が感じられるのは、帰ってきたのが一人ではないからだろう。やはり三人揃って出かけていたのか。どこへ行っていたのかと訝《いぶか》しみつつ、そうめんをすする瞳の前に、最初に姿を現したのは下の弟である薫だった。

「兄ちゃん、ただいま。あ、いいな！　そうめん食べてる！　俺も食べたい」

「昼、食ってないのか？」

「食べたけど…帰ってくる間に腹減った。食べてもいい？」

「……。三束までな」

そうめんがおやつなんて…しかも、許可したらあるだけ茹でて食べられてしまうのは間違いなく、瞳は量を制限する。特売品のそうめんだが、ご飯よりもコストは高い。飲むように食べる弟たちにはできれば食べさせたくない。

渋々ながら瞳から了承を得た薫は「やった！」と喜んで台所へ走っていく。それを見て「いいな」と声をあげるのは、上の弟の渚だ。

「兄ちゃん、俺もそうめん食べたい」

「……」

「三束までならいいって。一緒に茹でるよ」

「ラッキ！　じゃ、俺、三束」

「俺も三束だから～六束～。あ、仁くんは？　どうする？」

嬉《うれ》しそうにそうめんの束を並べながら、薫が最後に上がってきた仁に尋ねる。両手に買い物袋を提げた仁は、キッチンに立っている二人を驚いた目で見て聞き返した。

「どうするって…何をですか？」

「そうめん。食べる？　何束？　三束までいいって」

「い…いえ。俺は…いいです。二人とも、お昼にあんなに食べたのに…まだ食べるんですか…」

呆《あき》れたような台詞《せりふ》を聞き、瞳は箸《はし》を手にしたまま振り返って仁を手招きした。目が合っただけで仁は嬉しそうににっこり笑って近づいてくる。

「一緒にどっか行ってたのか？」

「はい。買い物に」

「昼も…食べさせてくれたのか？」

「ええ。渚と薫が回転寿司に行きたいと言うので行ってきました。なかなか楽しかったです」

「……」

回転寿司と聞いただけで恐ろしい想像が頭に浮かび、瞳は溜め息をついて頭を抱えた。項《うな》垂《だ》れる瞳を心配し、仁はその横に跪《ひざまず》いて「大丈夫ですか？」と尋ねる。

「…いや、違うんだ。悪いな…その、ものすごい金額になっただろう？　あいつらなんかと一緒に行ったら」

「いえ、それが瞳。すごいんです。一皿なんでも百円という素晴らしい店だったんですよ」

大発見をした科学者のように仁は目を輝かせて言うけれど、百円寿司と聞いた瞳は少しだけほっとして頷《うなず》いた。渚と薫にも自制心はあったのだ。

そうは見えないけれど、仁は実はリッチで、しかも金銭感覚が鈍い。仁にたかるなと釘《くぎ》を刺されてはいても、食に関することだと二人の理性は簡単に吹き飛ぶ。新鮮なネタを売りにしたちょっとお高い回転寿司に、騙《だま》して連れていったのではないかと、一瞬疑ってしまった。

百円寿司ならよかった。そう安堵《あんど》したのも束の間《つかのま》、仁が神妙な顔になって続けた話を聞き、背筋が凍る思いになった。

「けど、渚と薫には感心しました。二人とも五十皿以上食べて…」

「五十皿!?」

「驚くでしょう？　俺なんか、五皿くらいでお腹《なか》がいっぱいになったのに…。だって、一皿にお寿司は二つ載ってるんですよ？　五十皿だと百個…百貫っていうんですか？　そんな量食べられるなんて…」

仁が驚くのも無理はない。瞳が目を眇《すが》めてキッチンを振り返ると、薫と渚が並んで愛想笑いを浮かべている。何皿食べたんだ？　と尋ねる瞳に、薫は「六十八」、渚は「六十ジャスト」と答えた。

つまり…仁が五皿としても、百三十三…。一皿百円でも一万円超えなんて、意味がない気がする。すうっと血の気が引いていくような気分で、「ごめんな」と謝る瞳に仁はとんでもないと首を横に振った。

「瞳が謝ることなど、一つもありませんよ。でも…渚と薫はすごいですね。まだそうめんを食べるのでしょう？」

声を潜めて仁がつけ加えるのを聞き、瞳ははっとする。そうめんが食べたいと言うから、お昼が少なかったのかと思ったが、絶対に少なくない量だ。これ以上、食べさせる必要はないと思い、二人を止めようとしたのだけど。

「っ…」

渚も薫も瞳が何を言い出すか察知しており、目が合うのと同時くらいに鍋にそうめんを放り込む。止められる前にと慌てて茹でる弟二人を見て、瞳は疲れきった気分で大きな溜め息をついた。


仁と話している間にすっかり伸びてしまったそうめんを瞳が食べ終える頃、渚と薫はご機嫌で自分たちのそうめんが入ったラーメン鉢《ばち》を抱えてテーブルについた。「いただきます」と手を合わせ、ずるずるとそうめんをすする姿はしあわせそうである。

「うまいなあ、そうめん。最高」

「夏はやっぱこれだよな。流しそうめんとか、超憧《あこが》れ」

行ってみてえ～と合唱する二人を冷たい目で見て、瞳は仁が入れてきてくれた麦茶を口にする。すごい勢いで丼《どんぶり》の中のそうめんが減っていくのに呆れつつ、ところで…と切り出した。

「お前らどこに行ってたんだ?」

「買い物。あっちのショッピングモール」

「兄ちゃんのお祝い…じゃないね。残念会…でもないね。なんて言うんだろ？」

「お疲れ様会じゃないの」

渚の言葉に薫は「そうそう」と大きく頷く。どういう意味なのかはわかったが、なんて言えばいいかわからず、黙っている瞳の前にキッチンから戻ってきた仁が座った。

「今日で渋澤製作所での仕事は終わりでしょう。だから、瞳を労《ねぎら》うためにごちそうでも作ろうかという話になりまして」

「兄ちゃんのために、鶏《とり》の唐揚げ作るから。仁くんに鶏のもも肉、たくさん買ってもらったから」

「ごちそうって…唐揚げか」

「いやいや、今日はすごいよ？　なんと、海老《えび》の天ぷらもついちゃいます！　海老だよ、海老！」

「……」

「何、兄ちゃん、その揚げ物ばっか的な呆れ顔は。安心して。ちらし寿司も作るから」

「お前ら、昼に寿司食ったんだろう？」

ごちそうと言えば揚げ物に寿司と、それくらいしか思いつかないのは仕方がない。両親が亡くなったのは弟たちが小学生の時で、それから清貧生活を送っているのだ。瞳は苦笑を浮かべつつも、気持ちは嬉しくて「ありがとうな」と礼を言った。

　そういうわけだから夕食は俺たちに任せてゆっくりしてて…と言われたものの、家では家事くらいしかやることはない。リビングから続くテラスに出て、洗濯物を取り入れようとすると、仁が後を追いかけてきた。

「瞳。俺がやりますから、瞳はゆっくりしてください」

「ゆっくりってなんだよ」

　おかしそうに笑って、瞳は仁と共に洗濯物をピンチから外していく。タオルやシーツなど、からりと乾いた洗濯物からは太陽の匂《にお》いがした。

「会社の皆さんとの送別会はいつになったんですか？　一泊旅行に出かけるという話をしていたでしょう」

「夏休みでどこも混んでるし、九月に入ってからにしようって話になったんだ。埴輪さんと社長は引っ越しとかもあるし」

「そうですか。俺も瞳とどこかに行きたいです」

　ぽつりと仁がこぼすのを聞き、瞳は笑って「どこに？」と尋ねる。

「どこでもいいです。瞳と一緒なら」

「じゃ、うちでもいいじゃん」

「…まあ…そうですけど…」

　しょんぼり肩を落とす仁を見て、笑みを苦笑に変える。仁の気持ちもわかるけれど、正直、とてもそんな余裕はない。再就職先は見つかっておらず、無職なのだ。

「月曜から本腰入れて、就職先探さないといけないしさ。どっか行こうとか、そんな気分にはなれないな」

「…瞳は…本当に就職するつもりなのですか？」

「……」

低い声で聞く仁を見れば、真剣な表情があった。仁が再就職に反対なのはわかっている。しかし、瞳は仁の意見を受け入れることはできず、「ああ」と返事した。

「しばらくは失業保険とかも下りるから、なんとかなるだろうけど、俺が働かないとあいつらの食費だって…」

「すべて俺に任せてくださいって言ってるじゃないですか。瞳の学費も、渚たちの生活費も、全部俺が出しますから」

「……」

渋澤製作所がなくなると決まった時から、仁は瞳に大学へ進学するように勧めてきた。元々、瞳は父と同じく医者になるため、医学部への進学を目指していた。不慮の事故で叶《かな》わなかった夢を、自分がサポートするので今から叶えてくださいと勧める仁を、瞳は素直に頼れないでいる。

「…お前の気持ちはありがたいけど、やっぱいろいろ難しいって思うんだ」

「何がですか？」

「…何がって…」

あれから何度か同じような言い合いがあったけれど、いつも突き詰めずに曖昧《あいまい》な終わり方で流してきた。しかし、とうとう今日で渋澤製作所も終わってしまい、仁とも本気で向き合わなくてはいけない時が来た。

「……」

何がひっかかっているのかと考えれば、いくつかの不安要素が浮かぶ。仁が大金を持っているのは事実だろうが、出所のはっきりわからないそれを頼ってもいいのか。医学部を卒業するのには六年かかるけれど、その間、仁はずっと側《そば》にいてくれるのだろうか？

自分はいつまで、仁と…一緒にいるのだろう。この関係が永遠だと……渚や薫と同じように、生涯切れない縁だとは思えない。

「…俺は…」

一度いなくなってしまった仁を、心の底では今も不安に思っているのだ。またいついなくなるかわからない。目の前にいる仁を好きだという思いはあるけれど、どこまで彼をわかっているのかという心許《こころもと》なさは消えていない。

どう説明したらいいのか、戸惑いながらも口を開きかけた瞳は、「兄ちゃん」と呼ぶ声にはっとする。リビングへ続く窓のところに渚が立っていて、生姜《しょうが》はないのかと聞いてくる。

「野菜室の……ちょっと待て。悪い、後を頼む」

うまく説明できず、瞳は仁に洗濯物を任せて部屋の中へ戻った。一度、きちんと時間を作って話し合わなければいけない。それは改めて自分の気持ちと向き合うことでもあり、小さな染みみたいな憂鬱が心の表面に浮かんでくるような気がした。


冷蔵庫から生姜を出したついでに、キッチンで夕食の仕込みをしている様子を覗《のぞ》くと、その量に呆れさせられた。昼も…そして、おやつのそうめんも食べて、まだ夜にこれだけ食う気なのかと呆然《ぼうぜん》としつつ、瞳はある提案をした。

「そうだ。ポールさんとジョージさんも呼ばないか。せっかくのごちそうだし」

「だよね？　兄ちゃんもそう思うよね？」

「仁くん！　兄ちゃんもポールさんたち呼びたいって！」

瞳の言葉を聞いた渚と薫は目を輝かせ、続けて仁に話しかける。テラスから入ってきた仁は普段ではありえない感じに顔を顰《しか》めていた。その表情を見ただけで、事情がわかる。渚と薫はポールたちを呼ぼうとしたのだろうけど、仁が反対したに違いない。

「いや…しかしですね、瞳…」

洗濯物を抱えたままやってこようとする仁を瞳は押しとどめた。何を言い出すのかはわかっていて、「俺が誘いたいから」とあらかじめ仁の反論を制して、渚たちに準備を頼んだ。

「俺、ポールさんたちを誘ってくる。何時頃になりそうなんだ？」

「そうだなあ。六時とか、どう？」

「えっ、間に合う？」

時計を見て渚が言う時刻を聞き、調理をほぼ一人で担当する薫は慌てた顔になる。渚も手伝っているけれど、料理が得意でない次兄は助けにならない。不安げな薫に戻ってきたら自分も手伝うと告げ、瞳は一階へ下りた。

夏の定番であるビーチサンダルを突っかけ代わりにして外へ出て、隣の家へ向かう。春、仁が戻ってくるまでは廃屋同然だった隣家は新たな住人を得て、見違えるようになった。

広い庭には雑草が伸び放題で、門扉も崩れかかっていたのだけど、いつの間にか何もかもが修繕された。お化け屋敷のようだった洋館も今ではちょっとした別荘のようだ。勝手知ったる家でもあるので、鍵《かぎ》のかかってない門扉から敷地内へ入り、綺麗に整備された小道を進んで建物を目指す。

玄関ドアへ続く階段を数段上がり、チャイムを鳴らそうとするのと同時に、内側から扉が開かれた。

「…あ、こんにちは。ジョージさん」

ドアを引いて中へ招き入れてくれるのは、百九十センチを超えるような長身の大男である。

いつだってきちんとしたスーツ姿でにこりともしないジョージはポールのセキュリティガードらしいとしか知らないが、何度も会っているから瞳の方は親近感を持って接している。

「ポールさん、いますか?」

頷き、視線を奥へ送るジョージは、日本語が得意ではないようだ。話は通じるが、彼が日本語を話していた覚えはない。失礼します…と軽く頭を下げ、瞳は奥の居間へ向かう。

歩くだけで抜け落ちそうだった廊下は床板が張り直され、壁やドア、窓なども新しくなった。ポールがこの隣家で暮らすと聞いた時、あの荒《あば》ら屋で…と心配になったものだが、所用があって訪ねた際、すっかりリフォームされているのを見て驚いた。

その上、どうもいろいろと細工もなされたようで…。

「こんにちは、穂波さん」

瞳が居間へ続くドアの前に立ったと同時に、ポールが中から開けてくれる。にっこり笑みを浮かべ、優雅に挨拶してくれるポールに、瞳は小さく息を飲んでから軽く頭を下げた。

何度か訪ねてみて、そこらじゅうに監視カメラがあるのだろうと結論づけた。まるで魔法みたいに自分の動きは察知されている。おそらく、門の前に立った時点で自分が来たとポールもジョージもわかっていたに違いない。

「すみません、突然」

「いえいえ。穂波さんがいらしてくださるのはいつでも大歓迎です。本日はどのようなご用で？」

「急な話なんですが、今晩、うちでごちそう…いえ、宴会というか…食事会みたいなことをするので、ポールさんとジョージさんを誘いに来たんです」

「お食事会ですか。どなたかの誕生日とか？」

五月に薫の誕生日があり、その時もポールたちを誘っている。ソファへ座るよう勧めながら聞くポールに、瞳は首を横に振って事情を説明した。

「いえ。実は…今日で俺が働いていた会社が終わりまして」

「穂波さんが働いていたというと…あの…、渋澤製作所という？」

仁が戻ってきたばかりの頃、ポールは職場まで訪ねてきたりしていたので、場所もよく知っている。ただ、廃業云々《うんぬん》の話はしていなくて、改めて説明した。病院まで送ってくれたこともあるポールは「なるほど」と神妙に頷いた。

「そういうご事情では仕方がありませんね」

「はあ。それで、弟たちが俺のご苦労さん会みたいなのを開くって言ってくれまして…。今、はりきってごちそうを作ってるんですが、結構な量なのでポールさんたちも食べに来てくれたら助かるんです。あ、でもごちそうと言っても、大したものじゃなくて唐揚げとか天ぷらとか…そんな程度なんですが」

「とんでもない。穂波さんのところでいただく料理はいつもとても美味《おい》しいです。大変嬉しいお誘いなのですが……仁は…？」

お愛想ではなく本心から嬉しそうに答えた後、ポールは声を潜めてつけ加える。常にポールたちを邪険にしている仁の動向が気にかかるのはもっともだ。瞳は苦笑いを浮かべ、「大丈夫です」と言い切った。

「失礼な態度を取らないよう、ちゃんと言い含めておきます」

「ありがとうございます。…本当に…仁は穂波さんの言うことはちゃんと聞きますから」

思わず漏らしてしまった本音だったのだろう。呟《つぶや》いた後、ポールははっとした表情になり、慌てて詫《わ》びる。ポールが現在形で仁の扱いに苦労しているのは瞳も承知していて、神妙に「また何か？」と尋ねた。

「いえ…。仕事が進んでいないだけ…です…」

憂い顔でぽつりと答えるポールになんとも言いようがなくて、瞳は困った気分で頭を掻《か》いた。仁をアメリカへ連れ帰ることを使命としながら、それを達せなくて隣で暮らしているポールから、どうしても仁にやってもらいたい仕事があるので頼んで欲しいと請われたのは、先月の話だ。

自分のせいでポールに迷惑をかけているという自覚もあり、瞳は仕方なく間に入って、仁に仕事をする約束をさせた。それがどういう内容の仕事であるのかはまったくわからないが、自分や渚たちがいない時にパソコンを弄《いじ》っている気配があったので、ぼちぼち進めているのだろうと思っていたのだが。

「難しい仕事なんですか？」

「仁にとっては易しい仕事だと思います…」

「じゃ、量が多いとか？」

「そうでもないでしょう」

はあ…と深い溜め息をつき、ポールは「やりたくないようです」と暗い声でつけ加える。

それは瞳も納得できて、ひきつった顔で頷いた。

「真面目《まじめ》にやるように言っておきます」

「あ、いいです。穂波さんは何も言わないでください。また告げ口しただろとか、瞳に泣きつくなとか…ねちねち厭味《いやみ》を…」

「……」

ポールに対する仁の態度は冷たく、陰険だ。必死な顔でやめてくれと訴えるポールに頷き、瞳は遠回しに注意しようと決めた。

「ええと、じゃ六時頃に来ていただけたら。ジョージさんも是非」

「ありがとうございます」

見送ってくれるポールと共に居間を出て玄関へ戻る。玄関ホールにいたジョージがドアを開けてくれるのに小さくお辞儀して外へ出た。

「ポールさんがここの庭を手入れしてくれたお陰で、ヤブ蚊が減って助かっています。ここはずっと雑草がぼうぼうだったんで、うちの方までヤブ蚊がすごかったんですよ」

「穂波さんのお宅も一緒に手入れをさせましょうか？」

「いいえ。うちは仁がまめにやってくれていますから。畑も頑張ってますしね」

「ああ……そうですね…」

ポールが微妙に複雑そうな顔つきになるのは、そんな暇があるなら仕事をして欲しいという気持ちがあるからなのだろう。仁に仕事を引き受けさせた時、彼は条件を出していた。自分は穂波家の家事全般を担っているので、瞳たちの生活に支障のない範囲でしか働けない。それが不服なようであればよそに頼め…とポールに告げていたのを覚えている。

「畑仕事は実にいきいきとやっていますね…」

「観察してるんですか？」

観察…というよりも、「監視」と言った方が正解だろうなと思いつつ、遠い目で呟くポールに尋ねてみる。失言だったと気づいたのか、ポールはすっと表情を引き締めて話題を変えた。

「ところで、穂波さんはこれからどうなさるのですか？」

「新しい勤め先を探すつもりです。職場がなくなる前に再就職先を決められたらよかったんですが、なかなか思うようなところがなくて…」

と、何気ない気分で話しながら、途中でポールにはまずい話題だったと思い出した。案の定、ポールは目をきらりと光らせて「では」と提案してくる。

「ちょうどいいのではないでしょうか？　この機会を生かして、是非皆さんでアメリカへ…」

「いや、それは無理です」

ポールは仁をアメリカへ連れ戻すために、穂波家も一緒に連れていこうという大胆な計画を抱いている。意気揚々と話を進めようとするポールに慌てて首を振り、「じゃ、後で」と言い残して隣家を逃げ出した。ポールを気の毒に思う気持ちはあっても、アメリカで暮らすなんて、とんでもない。何かいい解決法があるといいんだが…と思いつつ、自宅へ入ると庭から「瞳」と呼ぶ声が聞こえた。

穂波家の南側には庭と畑がある。母親が生きていた頃はちゃんと手入れされ、畑も活用されていた。野菜がふんだんに獲《と》れる夏場は特に大活躍していたのだが、亡くなってからは荒れ放題となった。

庭の草を適当に刈るくらいが精一杯で、畑は元の姿をとどめていなかったのに、今は母親が生きていた頃のように畝《うね》が作られ、野菜が植えられている。畑を復活させたのはもちろん、仁だ。

「お帰りなさい。来ないって言ってましたか？」

「お前ね。そうやってポールさんに意地悪するの、よくないよ」

にこにこと笑いながら邪険にする仁を呆れ顔で窘《たしな》め、瞳はテラスの日陰に置かれている椅《い》子《す》に腰かける。Tシャツにジーンズ、長靴に麦わら帽子。農作業スタイルで決めた仁が脇に抱えた竹製のざるには、収穫した茄子《なす》やきゅうり、ピーマンが並んでいる。

仁が畑をやりたいと言い出した時、大丈夫なのかと心配したけれど、まったくの杞憂《きゆう》だった。今では毎日のように収穫される野菜のお陰で、家計はとても助かっている。しかも、仁が楽しそうなのがいい。

「なんとか虫が出たとか言ってただろ。退治したのか？」

「アブラムシですね。ええ、木酢液《もくさくえき》という薬を薄めてスプレーしてみたら見られなくなりました。ママも野菜作りは虫との闘いだと言ってましたが、まさしくその通りです」

仁と再び暮らし始めて、彼が自分以上に母親からいろいろ教わっていたのだとわかった。高校生だった瞳は日々の暮らしに目を向けるような余裕はなくて、母親がやっていることに興味も持てなかったけれど、今となっては損をしたなと思うことも多い。

「ママは何に対しても勉強熱心でしたから」

「お前だって同じだろ。近所の畑に顔を出して、教わってるって聞いたぞ」

「え、誰からですか？」

「薫。薫の友達のじいちゃんらしい」

世間は狭いですね…と真剣な顔で言いながら、仁は畑から戻ってくる。ざるの中を見て、茄子とピーマンは天ぷらに、きゅうりはサラダにしようと瞳が言うと、嬉しそうに笑った。

「楽しみです。…瞳」

「ん?」

「しあわせですね」

瞳の前で仁はいつもにこにこ笑っているけれど、その中でもとびっきりの笑みを浮かべて、そんなことを言われたら急速に恥ずかしくなった。しあわせなんて、普段、口にしたりしない言葉だ。

そうだな…と相槌《あいづち》を打つなんてとてもできず、瞳は慌てたようにざるを抱えて立ち上がる。

「…これ、先に持っていくな。水撒《みずま》きするんだろ?」

「はい。あ、瞳。お風呂は洗ってありますから」

「わかった」

仁は瞳の動揺に気づいていない様子で、水撒き用のホースを用意しに行く。それに背を向け、早足で玄関へ駆け込むと、ざるを床に置いてその場に座り込んだ。本当に仁にはどきりとさせられることが多い。

しあわせですね、なんて。本当にそうだよなあ…と自分が素直に返せる日は遠い気がする。事実ではあるのだけど。

二階へ上がると、薫が役に立たない渚に苛《いら》つきながら指示を出していた。

「違うって。そうじゃなくて、千切り」

「千切りにしてるつもりだけど」

「どう見たって拍子切りだろ？」

渚が格闘しているのはにんじんで、苦笑しながら「俺がやる」と瞳が助け船を出す。渚には皿を出すように命じて、包丁を受け取って薫の隣に立った。

「仁くんの野菜って美味しいよね。とても野菜作りの初心者だとは思えない」

「頭はいいからな。いろいろ勉強してるみたいだし」

野菜作りは知識を要するものだ。勘に頼って植えるだけではなかなかうまく育てられない。

渚が手こずっていたにんじんの千切りを手早く終えてしまうと、きゅうりを手に薫と献立を話し合う。

「塩もみにしてちらし寿司にも加えよう。あと…マカロニサラダでも作るか」

「いいね！　兄ちゃんのマカロニサラダ、大好き」

「俺も！」

自分よりずっと大きくなったというのに、いまだに好物を連呼し合う弟たちといると、時間が流れているのを忘れそうになる。仁が戻ってきてからは特にだ。皆で賑やかにしていると、昔みたいに仕事に出ていた両親が「ただいま」なんて帰ってくる錯覚を抱きそうになる。けれど、それはないと自分に言い聞かせても寂しい気持ちにならないのは、今が満たされているからか。とんとんと包丁を使って、皆で食事を作るしあわせはお金では買えないものだ。

「…そういえば、お前ら。明日は部活とか、学校はないのか?」

「俺はないよ。明後日《あさって》から野外学習だし」

「え」

「俺もない。明後日からは集中補講だけど」

「え」

野外学習に、集中補講と、普段では使われない言葉を聞き、瞳ははっと思い出した。勤め先が廃業するのに伴い、ここしばらく自分のことで精一杯で弟たちの話をおざなりに聞いていたのだと、反省する。

そうだ。こいつらは夏休みなんだと、今さらながらに思い出した。

「…そうだった…。薫は…二泊三日だったっけ?」

「うん。帰ってくるのは水曜の夜だよ。プリント、渡したよね?」

「ああ…もらったはずだ…」

「俺はいつもと同じ感じで…でも、三時には終わるから、夕方には帰ってくるよ。兄ちゃんは…月曜から仕事ないし、家にいるんだよね？」

「そうなると…思う。ただ、職安とか行かなきゃいけないし、就活とかあるし、いないことも多いだろうが…」

「就活かあ。兄ちゃんもスーツとか着るの？」

「持ってたっけ？　兄ちゃんがネクタイって、喪服しか見た覚えないけど」

「……」

弟たちから向けられた素朴な疑問に、瞳は答えられなかった。渋澤製作所に就職した際は、社長が亡くなった父の知り合いであったことや、急遽《きゅうきょ》進路を変更したという事情などが重なり、スーツを着て挨拶などという必要はなかった。そもそも、高校生だったから制服で事足りた。

しかし、今は…一応、社会人なのだし、スーツが妥当なのか。だが、スーツ着用を求められるような、大きな企業に勤められるとも思えない。自分は学歴もなく、資格も取り柄もない。渋澤製作所と似たような仕事しかできないだろうから、町工場を当たろうと思っている。なので、スーツがいるなんて思いもしなかったのだが…。

「……」

そんなことを考えて、瞳は改めて自分の甘さを痛感した。何か特別にできることもないのに、条件に合わないからと社長が勧めてくれた就職先を断ったのは間違いだった。迷いがあったせいもあるのだが、それにしたって自分自身の足下を見つめなきゃいけない。

世間は自分が考えているよりも厳しいし、自分自身は自分が考えているよりも役に立たない。そんな事実を自分に言い聞かせるように考えて小さく息をつくと、兄の異変に気づいた弟たちが心配そうに声をかけた。

「兄ちゃん……大変だと思うけど…頑張って」

「兄ちゃんなら大丈夫だって。どこでも雇ってくれるよ」

二人が揃って心許なげな顔をしているのに気づき、瞳ははっとして気分を切り替えた。まだまだ学生の弟たちに心配をかけるわけにはいかない。にっこりと笑みを作り、「ああ」と頷いた。

瞳と薫の連携プレーで料理は次々と出来上がっていき、あっという間に六時になった。時間通りにチャイムが鳴り、渚が出迎えに下りていく。すでに意地悪そうな顔になっている仁を、瞳は目を眇めて注意した。

「ポールさんは俺が来てもらったお客さんだからな。粗相のないようにしろよ。意地悪とか言ったら、俺が仕返しするぞ」

「そんな、瞳…」

瞳はポールに甘すぎる…としょんぼり呟く仁に取り皿を運ぶように命じていると、一階から渚の歓声が聞こえてくる。なんだろうと不思議に思い、薫と顔を見合わせていると、階段を駆け上がってくる音が響いた。

「兄ちゃん、薫！　アラベスクのケーキが来た‼」

「…？」

「マジで⁉」

渚の叫ぶ意味がわからず、怪訝《けげん》そうに眉をひそめた瞳とは対照的に薫は即座に反応した。

興奮した様子で一階から戻ってきた渚は、大事そうに大きな紙袋を抱えているが、迎えに行ったはずのポールの姿は見えない。

「おい、ポールさんは？」

「来てるよ」

「じゃなくて。一体、なんなんだ。迎えに出たお客さんを一階に置いてきて自分だけ上がってくるなんて…」

失礼な態度を叱《しか》ろうと説教しかけた瞳を「いいんです」とポールの声が止める。渚の後から上がってきたのはポール一人で、ジョージは見当たらなかった。セキュリティガードであるジョージは対象者と食事をしたりしないという決まりがあり、何度か誘っているのだが一緒に食卓を囲んだことはない。

「ジョージさんはやっぱり駄目なんですか？」

「仕事ですので」

「食事くらい、いいような気がしますけど」

そもそも平和な日本の…しかも人家もまばらな山間の片田舎《かたいなか》で、セキュリティガードなど必要だとは思えない。逆に緊張感がなくて大変だろうなあといつも思っている。外にいるのならば自分が呼んできてもいいかと聞こうとした時、先に上がってきていた渚が紙袋を掲げて尋ねてきた。

「兄ちゃん、開けていい？」

「何を？」

ポールと話しているというのに、そわそわとした様子で聞いてくる渚を瞳はじろりと睨《にら》んで聞き返す。お客さんが来ているというのに、その落ち着きのない態度はなんだ…と、説教を始めようとする瞳を遮り、薫が代わって事情を説明した。

「ポールさんがアラベスクのケーキを持ってきてくれたんだって。何が入ってるか見たいんだ。見るだけだから」

「お願い！　今は絶対食べないって約束するから、ね、兄ちゃん」

「アラベスク…？」

さっきから何度か出てきているその言葉の意味が瞳にはさっぱりわからなかった。しかし、「アラベスクのケーキ」というのだから、ケーキ屋の名前といったところか。よく見れば渚が持っている紙袋にアラベスクという店名が記されていた。

つまり、客であるポールが土産《みやげ》として持参してくれたケーキを早速開けようとしているのか。頭が痛い気分で薫も併せて説教しようとしたのだけど。

「お前らなあ…」

「ポールさん、開けてもいい？」

兄の了解を得るよりも持ってきた本人に聞いた方が早いと考えた弟たちはポールを縋《すが》るように見る。ポールが戸惑ったような笑みを浮かべ、「どうぞ」と言うと早速紙袋から箱を取り出し、キッチンカウンターの上へ置いて蓋《ふた》を開けた。

「おお！　見ろよ、薫。すげえ…」

「渚、どれにする？　あ、ちょっと待って。六個あるよ？　ということは…兄ちゃん、仁くん、ポールさん、渚に俺の五人だから、一個余るじゃん」

「よし、ジャンケンだ！」

「一回勝負な！」

「待て‼」

箱の中身を確認した渚と薫が、鼻息荒く勝負しようとするのを瞳は厳しい声で止める。手土産を開けて見るというのも十分な失礼であるのに、数を数えて争いを始めるとは。お前らはバカかと声を荒らげて叱り飛ばした瞳は、二人にその場で正座するよう命じる。

「ごめん…兄ちゃん」

「ごめんなさい」

憧れのケーキが食べられるという嬉しさに、渚と薫はすっかり我を忘れていた。礼儀を重んじる兄が激怒するのは目に見えていたのに。大きな身体を竦《すく》めてしょんぼりする二人は哀れみをそそり、ポールは困った顔で場をとりなそうとする。

「穂波さん、どうか叱らないであげてください。二人とも嬉しくて…」

「お前がそんなもの、持ってくるからだ」

ぼそりと低い声で囁《ささや》くのは仁である。渚と薫に説教しようと仁王立ちで二人の前に立っていた瞳は、もう一人、注意すべき相手の姿を探す。冷蔵庫の陰に隠れるようにして悪態をついた仁を見つけると、「お前も座れ」と命じた。

「ほ…穂波さん…」

「あのな、ポールさんはお客さんなんだ。最低限のマナーは守れ。仁は意地悪言うなって言っただろ?」

「意地悪じゃありません。本当のことで…」

「言い方が意地悪だ!」

ぼそぼそと言い訳する仁を切って捨て、瞳は鼻先から大きく息を吐き出す。まったく、たかがケーキくらいで…と思うけれど、確かにいかにも高そうなケーキで、万年逼迫《ひっぱく》財政下にある穂波家には縁のない品である。

「…お前ら、このケーキ食べたことあるのか？」

瞳には覚えがなかったが、渚と薫はよそでごちそうになったことでもあるのだろうか。不思議に思って聞くと、二人は揃って首を横に振る。

「まさか！　兄ちゃん、知らないの？　アラベスクってテレビとか雑誌とかにいつも出てる、超有名なケーキ屋だよ？」

「フランスで修業したとかってパティシエの人が作るケーキが絶品だって評判でさ。でも、一個六百円とか、高いのだと千円近くするんだよ。あんな小さいのに」

「……」

ひょいと覗き見れば薫の言う通り、小振りなケーキだ。ただ、形は斬新でかなり造形的である。ケーキというより作品のような感じだ。質より量の弟たちにはまったく無縁の代物だろう。なのに、憧れだったなんて。他にもさぞたくさんの憧れがあるのだろうなと思うと溜め息が漏れる。

「すみません、ポールさん。そんな高いものを。こいつらは菓子パンで十分なんで、どうぞ気を遣わないでください」

「いえ、そんな気を遣ったわけでは…」

「渚たちの点数稼ぎか」

「仁！」

とにかくポールを敵視している仁がまたしても毒突くのを耳にし、瞳は眉をひそめて叱責《しっせき》する。大体お前らは…と再び説教を始めようとした瞳だったが、当のポールから痛い指摘を受けて口を閉じざるを得なくなった。

「穂波さん、せっかくの料理が冷めてしまいますから」

「……」

その辺で…と客に言われること自体、問題かもしれない。瞳は深々と溜め息をつき、食事が終わったらねっちり説教を再開してやると思いつつ、三人を解放した。

唐揚げに天ぷら…穂波家としてはレアな海老とか、仁の畑で獲れた夏野菜とか…ちらし寿司に、マカロニサラダ。心のこもった手料理の並ぶテーブルは賑やかで、どんな高級料理よりも美味しそうな気配に満ちている。

「では、兄ちゃん、長い間、ご苦労様でした！」

「ご苦労様でした～」

「なんか、定年退職したみたいだな…。違うんだけどな…」

「まあ、いいじゃないですか、瞳」

渚と薫の乾杯の文句が解せないと首を捻《ひね》る瞳以外は、皆にこやかにグラスを掲げた。労ってくれるのはありがたいけれど、月曜から就職活動をしなくてはいけない瞳にしてみれば「ご苦労様でした」と過去形にはできない感じだ。

それでもごちそうを食べながら、皆で食卓を囲むのは純粋に楽しい。それにビールも加わればなおさらだ。

「兄ちゃん、もう顔赤いよ」

「一口しか飲んでないのにね〜」

宴会だからと用意されていたビールを飲んだ瞳の頬《ほお》は早くも赤くなっている。さほど弱いわけではないけれど、体質的に顔がすぐに赤くなってしまう。呆れたように指摘してくる弟たちに「うるさい」と言い返すと、ポールが「そういえば」と切り出した。

「弟さんたちはそろそろ夏休みなのではないですか？　日本では七月後半からだと聞きましたが」

「そうそう。昨日、終業式だったんだ。終業式ってね、学校が終わりの日」

「あ！　そうだ、お前ら通知票は？」

薫がポールに答えるのを聞いて、瞳は高い声をあげる。今さらながらに聞いてくる兄に眇めた目を向け、弟二人は揃って居間の隅に置かれている仏壇を指さす。亡くなった両親に見てもらうために、通知票はそこへ置けと命じたのは瞳だ。

「置いてあるから見てねって俺、言ったよ?」

「兄ちゃん、このところ仕事が慌ただしくて俺たちの言うこと、聞いちゃいなかったからね」

「……すまん…」

夏休みに入っているのも気づいていなかったくらいだ。素直に反省して謝り、瞳は席を立って仏壇まで歩いていき、二人の通知票を手に戻ってきた。仁もポールも日本の学校制度には詳しくなく、珍しげに瞳の手元を覗き込む。

「薫は五段階評価で、俺は十段階評価なんだ。数字が多いほどいいってこと」

「すごいじゃないですか。二人とも五と十ばかりで…オールAというやつですね」

「穂波さん、アメリカなら飛び級できますよ」

すかさず渡米を誘ってくるポールに苦笑し、通知票を畳んで仏壇へ置きに行く。二人にいい成績を取るように求めているわけではないが、渚も薫もそれが自分たちの務めだと考えているようで、常に好成績を収めてくる。瞳は仏壇に手を合わせ、報告が遅れたのを心の中で両親に詫びて、テーブルへ戻った。

「仁くんは飛び級して十二歳で大学卒業したって本当?」

瞳から聞いた話を確認する薫に、仁は笑みを浮かべて頷く。その話を瞳が仁から聞いたのは六年前、仁と出会った頃だ。自分と同じ歳《とし》だというのに学校に通っていない仁を不思議に思い尋ねたら、そういう答えが返ってきた。

「十二歳って小学校卒業とかじゃん。それから何してたの？　大学院とか？」

「いいえ。学校に行っていたのは十二歳までですね。それ以上はあまり必要ではなかったので」

「じゃ、働いてた…？　いや、でも十二歳って働けるの？　アメリカはいいの？」

日本ではありえない話だと不思議そうに質問を重ねる渚に、仁は笑みを向けただけで答えを返さなかった。それは聞かれたくない時の反応だと、渚も薫も承知していて口を閉じる。

ちょっと困った顔になっている二人に助け船を出したのはポールだ。

「お二人は将来、どんな仕事に就きたいのですか？」

「あー…俺は医者」

「俺も…できたら…医者」

「ああ、お父様が医師だったからですね」

なるほど…と納得するポールに、渚と薫は神妙な顔つきで頷いた。二人ともが妙に硬い顔つきであるのが気になったが、なれるかどうかわからないと思っているからなのだろうと、瞳は捉《とら》えていた。それよりも、ちゃんと目標を持っている様子なのにほっとして、特大の唐揚げを頬張る。そんな瞳に、仁が驚くような台詞を向けた。

「瞳も医者になりましょうね」

「…⁉」

にこにこ笑って言う仁を、瞳だけでなく、渚と薫も目を丸くして見た。事情が掴《つか》めていないポールが不思議そうに首を傾《かし》げる横で、瞳は焦り、渚と薫は口々に仁に問いかける。

「な…何言ってんだ、お前…」

「仁くん、それどういう意味？」

「兄ちゃんが医者って…今から大学行ってってこと？」

瞳は仁から医者になるために大学へ行くよう勧められていることを渚たちには話していなかった。現実的に考えれば問題が山積みの提案である。渋い顔で黙る瞳の前で、仁は渚と薫にも自分の考えを告げた。

「タイミングよく…と言うのはおかしいかもしれませんが、会社がなくなったのをいい機会だと考えて、大学に行って医者になってくださいって頼んでるんです。学費や皆の生活費は俺が出します」

「ほ…本当に？　仁くん、それ本気で言ってんの？」

「ええ。おかしいですか？」

「おかしいっていうか、医学部の学費とかって、かなり高いし…。兄ちゃん、もう二十四だ

し…」

「夢を叶えるのに年齢は関係ありませんよ。瞳は賢いですから、入学試験にも不安はありません。学費については瞳も高額だと言うので調べてみましたが、まったく心配はいりません。こう見えて俺は金持ちです」

少し自慢げな顔で言い切り、自分を見る仁に、瞳は頭を抱えた。確かに……札束をデイパックに詰め込んでいたり、残高を気にせずに切れるカードを持っている仁は金持ちと言えるのだろうけど。

深々と溜め息をつき、「あのな」と仁を窘めようとした瞳は、弟二人に逆に遮られる。

「兄ちゃん！　仁くんにお願いしようよ。兄ちゃんなら医者になれるよ」

「兄ちゃん、大学行ってよ！　今からでも遅くないって」

「…お前らな…」

「三人揃って医師となれば亡くなられたお父様もさぞ、お喜びでしょう」

「ポールさんまで何言ってるんですか。大体、医者なんて大学卒業までに六年もかかるし、その間の学費やら生活費やら、ものすごい金額になるんですよ。たとえ、仁が今、お金を持っていたとしても…」

「仁の収入は私が保証します。なんなら、私どもで穂波さんを援助させていただければ…」

「……」

それはつまり、仁を働かせられるからなのだろう。唖然《あぜん》とした気分でポールを見ると、また仁の意地悪虫が疼《うず》き出す。

「お前が瞳を援助なんて百年早い」

「仁？」

おかしな話になってしまったのは仁のせいだという思いが、注意する声にも険を含ませる。ぎろりと睨まれてしゅんとなる仁を見つつ、齧《かじ》りかけていた唐揚げを再び口へ放り込んだ。


仁の発言を聞き、すっかりその気になって進学を勧めてくる渚と薫に、瞳は自分には考えの及ばない話だときっぱり告げた。仁だけでなくポールまで援助を名乗り出たものの、仁が絡んでいるのに違いはない。瞳にしつこく食い下がれば叱られるのをわかっている弟二人は早々に話題を変えた。

それも、すべてはデザートのためである。

「マジ、悩む」

「ああ～。いっそ、全部同じなら…」

こんな悩ましい思いはしなくてもいいのに…と、渚と薫はケーキを前にして身悶《みもだ》える。食事が終わり、二人が率先して後片づけをしたのには明確な目的があった。不備を突かれて、瞳から「ケーキなし！」なんて罰を受けないためだ。

ポールが買ってきたケーキはすべて種類が違い、それがまた渚たちを悩ませていた。どれも美味しそうで選びかねると悩む弟たちをよそに、瞳はポールに尋ねる。

「ポールさんはどれがいいですか？」

「いえ、私は残ったもので…」

「こいつらに選ばせていたらケーキが腐ります。先に選んでください。仁も。どれがいい？」

うだうだしている渚たちを後回しにし、瞳はさっさと仕切ってケーキを選んでいく。ポールと仁、瞳がそれぞれ選んだケーキを取り出し、残った三つを渚たちに与えた。

「残りはお前らで食っていいから。ただ、喧嘩《けんか》はするなよ？　喧嘩した時点で没収」

「わ…わかってる、兄ちゃん」

「よし、名案が浮かんだ。薫、全部を半分ずつしよう」

それなら平等だ…と兄らしく宣言する渚に同意し、薫は包丁を取りにキッチンへ走る。オチが見えるな…と思いつつ、瞳は爽《さわ》やかなレモンイエローのケーキにフォークを入れた。シトラス系の味わいは夏らしく、さっぱりとした中にも濃厚な風味があって、評判通りの美味しさだった。

「…美味しい。さすが有名店だな」

「本当ですね。俺のは…カシスなのかな。甘すぎなくてうまいです」

「けど、これが一個五百円以上するとは…」

それだけの値段なら美味しいのも当然なのかもしれない…と呟く瞳の横では予想通りの展開が繰り広げられていた。

「あっ、薫。なんか歪《ゆが》んでるぞ。半分になってないって」

「そう？」

「貸せよ。俺が切る」

「やだよ。渚、下手だもん。ぐちゃってつぶすに決まってるよ」

「いや、俺の方が正確だ」

案の定、醜い争いを始めた渚たちをじろりと睨み、瞳は「没収」とぼそりと呟く。その一言だけでぴたりと争いは止まり、二人はおとなしくそれぞれの分け前を食べ始める。半分に切ってしまったら、どんな造形的なケーキも形無しだ。その上、食べるのが育ち盛りの男子である。

「う…うますぎる。なんだろう、このクリーム」

「ていうか、小さい…。小さいよ、このケーキ」

「本当だね。なんの味かわかる前になくなっちゃうよ？」

結論として、「うまい」よりも「足りない」に行き着いた二人に、ポールは申し訳なさそうな顔で謝った。

「すみません。やはり金福堂《きんぷくどう》の最中《もなか》の方がよかったですね」

「ううん、そんなことないよ。最中も好きだけど、ケーキも大好きだから！」

「両方あるともっと嬉しいって感じ？」

「ふざけたこと言うな！」

大体、お前らはあんこ好きじゃなかったのかと責める瞳に、あんこもクリームもなんでも好きだと開き直る。やはり育ち盛りの男子に絶品スウィーツは必要ない。菓子パンで十分だと瞳は強く思うのだった。

ケーキを食べ終えると、ポールは暇《いとま》を告げた。仁は厭味を欠かさないし、弟二人はかしましいので、瞳は三人に後片づけを命じて一人でポールを見送りに出た。

「今日はごちそうさまでした。とても美味しかったです」

「いえ、こちらこそ、あんな美味しいケーキをいただいてしまって。あ、それからこれ、ジョージさんに」

玄関から一緒に出た瞳が差し出した包みを、ポールは不思議そうに受け取る。チェック柄のナフキンでくるまれた四角い包みはずしりと重い。

「これは?」

「ちらし寿司や唐揚げなんかを詰めたお弁当です。ジョージさんにも食べてもらいたいなと思って取り分けておいたんです」

「それは…ありがとうございます。きっと喜びます」

思いがけない親切に出会った時のように、はにかんだ笑みを浮かべてポールは礼を言う。

「日本食ですし、口に合うかどうかわからないので…あれなんですけど。美味しくなかったら大したことではないのに照れくさい気分になって、瞳は慌てて念を押した。

らすみませんとお伝えください」

「……穂波さんは…仁が勧めていたことを本気で考えられた方がいいです」

突然、ポールが意外なことを言い出し、瞳は驚いて彼を見た。ポールは真剣な様子で、親身な表情が浮かんでいる。

「……。いや…あれは…」

「日本語で医は仁術という言葉がありますでしょう。穂波さんのような方なら、いい医師になられると思うのです」

「……」

外国人であるポールから向けられた意外な言葉に、瞳は反応が返せなかった。ためらったまま動きを止める瞳に、ポールは軽く頭を下げて「お休みなさい」と告げる。背を向けて門へ歩いていく姿に、瞳は遅れて「お休みなさい」と挨拶した。

仁術、なんて。難しい言葉まで知ってるんだなと感心するとともに、ポールが時代劇で日本語を覚えたと話していたのを思い出す。それに出てきたのだろうかと考えながら、家の中へ戻ろうとして踵《きびす》を返すと、いつの間にか玄関ドアの前に仁が立っていた。

「っ…びっくりした…。いつからいたんだ？」

「たまにはポールもいいことを言いますね」

「……」

ということは、聞いていたのか。「仁術」の仁は、仁の名と同じだ。それも引っかけていたのかなと考えたら、笑みが漏れた。

「なんですか？」

「いや。仁術って、わかるのか？」

「わかりますよ。仁という字には思いやりとか愛とか、慈しむとか、そういう意味があるんです。ですから、病気の人に対して思いやりを持って接することを言うんでしょう」

「まあ、そんな感じだろうな」

ちょっと自慢げな顔で説明する仁がどうして漢字の意味を知っているのか、少し気になった。仁は母親が日本人のハーフだと聞いている。もしかして、母親から…と思って聞いてみる。

「お前の名前は…お母さんが？」

「はい。漢字の意味も母が教えてくれました」

幼い頃亡くなったと聞いているが、仁は十二歳で大学を卒業したような天才でもある。幼少時の記憶もしっかりあるのだろう。仁の母はどんな人だったのだろうという考えはすぐ側にいる彼に伝わっていた。

「母は綺麗で、優しくて賢い人でした。五歳の時に亡くなったのですが、瞳のママとはちょっと違うタイプでしたね」

「だろうな。うちの母さんはごく普通の人だったし。お前の母親ならきっと浮世離れした人だったと思うし」

それに…と思い浮かべたのは、仁の父親だ。六年前、仁が隣家に住んでいた頃、何度か見かけたことのある父親は外国人というだけでなく、怪しげな雰囲気の漂う人物だった。あの父親の子供を産んだような人だ。母の方も一筋縄ではいかないような人間だったに違いない。

だから、きっと自分の母親とは全然違ったと思うのに、仁は母にとても懐いていた。五歳という年端もいかない頃に母親を亡くしたせいだろうか。ぼんやり考えていると仁が話を戻す。

「瞳はきっと、素敵なお医者さんになります。渚たちも賛成してくれてるんですから、考え直してください」

「何言ってんだ。あいつらは何も考えてないから…」

そう言いながら、仁の話を聞いて真剣な表情で自分に大学へ行くよう勧めてきた渚と薫の顔を思い出す。あれは…。自分を想《おも》ってくれるのと同時に、弟たちなりの想いもあるのかもしれない。

微かに眉をひそめ、小さく息をつく。難しいなと思ったら自然に漏れてしまったのだが、隣にいる仁がひどく心配そうな顔をしているのに気づき、笑みを作った。

「変な顔するなって」

「でも…瞳が…」

平気だと言って、中へ入ろうと促す。迷いと向き合うべきなのは自分だ。仁の提案が無謀だと判断するなら、きっぱり諦《あきら》めて新しい勤め先を見つけなくてはいけない。自分がそうすれば皆にも余計な思いを抱かせないはずだ。そのためにも早く次の生活をスタートさせようと決めた。

夏の夜。風通しをよくするために瞳は居間へ続く部屋のドアを開けて眠る。テラスデッキへ繋《つな》がる窓の前に置いた陶器の器に蚊取り線香を点《とも》していると、仁が一階の浴室から戻ってきた。

「瞳、何か飲みますか?」

「いや、俺はいい」

仁の誘いを断り、瞳は自室へ入ってベッドに腰かける。ベッドの横には仁の布団が敷かれている。居間で寝ていた仁が瞳の部屋へ移動したのを、弟たちが当然と思ってくれたのは助かった。兄ちゃんの部屋が一番広いんだし、いつまでも居間で寝てるのは可哀相《かわいそう》だよね。そんな台詞に安堵したものだ。

扇風機のタイマーをセットし、風が行き渡るようにして横になる。タオルケットをお腹《なか》にかけて一息つくと、キッチンで水を飲んでいた仁がやってきた。

「電気消してもいいですか?」

「うん」

壁面にあるスウィッチを一度押すと豆電球の明かりになる。渚と薫は一階の自室へ戻り、居間もキッチンも照明が消されているから、ほとんど真っ暗だ。蚊取り線香の匂いが微かな風と共に流れてくる。

布団の上に跪き、ベッドに凭《もた》れかかるようにして仁が覆い被《かぶ》さってくるのを、瞳は身体を斜めにして受け止めた。おやすみのキス。甘い口づけは一日の終わりを告げる。仁が戻ってきて、やっぱり自分には仁が必要だと認めてから数ヶ月。毎日重ねるキスは互いへの愛《いと》おしさを積み上げていく。

「……ふ……」

鼻先から息を漏らすと、仁がそれとなく口づけを解いた。間近にある仁の顔を撫《な》で、小さく吐息をこぼして見つめる。側にいるといろんな方法で教えてくれるけれど、こうやって一日を終えて交わす口づけが、瞳は一番好きだった。

「……瞳…聞いてもいいですか？」

冷静さの混じる問いかけは質問の内容を予想させる。瞳は苦笑を浮かべつつ、「ああ」と頷いた。

「瞳は……何が不安なんですか？」

「……」

自分がうまく言えない…言おうとしないことを仁は悟っているのだろうなと思った。正直に言うのは迷いもあったけれど、事実を伝えなければ誤解が生まれるかもしれない。柔らかくウェーブする仁の髪を弄りながら、瞳は心の底にある本心を口にする。

「…お前が…またいなくなるんじゃないかって……」

「……。だから、俺の助けは受けられないと？」

「大学を卒業するだけでも六年かかる。六年は長い」

お前がいなくなっていたのと同じ年月だ。口にはしなかったけれど、仁の頭にもその事実が浮かんだのだろう。しばらく無言でいたが、意を決したように口を開く。

「瞳が俺を信じられないのは…無理もないとは思いますが、今度は本当に瞳の側を離れません。本当に、本当です」

語気を強くして繰り返す仁は真剣で、瞳は笑みを浮かべた。本気でそう思ってくれているだけで嬉しい。ああ…と頷き首を伸ばして頬に唇を寄せると、仁はベッドに乗って覆い被さってくる。

「……」

抱きしめてくる仁の背に手を回し、首元に顔を埋《うず》めて息を吸い込んだ。仁の匂いと共に蚊取り線香の香りが鼻孔に触れて、ふいに切なくなった。

仁と初めてキスをしたのは夏休みの終わり頃だった。あの時も同じように蚊取り線香の匂いがしていた。

「…俺がいなくなるのが不安なら…瞳の口座にまとまった金額を振り込みます。そしたら、安心して大学に通えるでしょう」

「いや…」

懸命に打開策を探しているらしい仁が真剣に言うのを聞いて、瞳は嘆息した。そうじゃない。金銭的な問題はもちろん一番だが、それだけじゃないのだ。仁がいなくなってもお金があるから、大学に通える。生活もできる。そんな状況を望んでいるわけじゃない。

「…お前がいないと…駄目だ」

「……」

「今度…お前がいなくなったら…俺は駄目になると思う。……そんな、医者になるとか、無理だと思うんだ。…だから……」

「俺は瞳の側から離れません」

言葉を奪うように断言し、唇を重ねる。深く甘いキスは情熱的で、瞳の身体を熱くする。ここにいてくれるという証《あかし》は心へも素早く熱を伝わらせる。全部が熱くなって、何も考えずに仁との快楽を追いたい。そう望んで、瞳は背中に回した掌《てのひら》に力をこめた。

月曜の朝。薫は二泊三日の野外学習へ出かけていった。

「忘れ物はないか？　…ええと、着替えにタオルに……靴下入れたか？」

「入れたって。二泊三日くらい平気だよ。三日着替えなくても死なないって」

「お前ね、女子に嫌われるよ？」

心配する兄二人をよそに、末っ子は呑気なものだ。持ち物の点検よりも野外学習で予定されている地引き網の方に心を奪われている。

「何が獲れるかなあ。獲れたのを自分たちで料理して食べるんだって。兄ちゃん、獲れたてだったら刺身もいけるよね？」

か?」

「あ…ああ。でもそんな野外学習で刺身って…。炭火で焼くとかそんな程度じゃないの
「そっか、炭火焼きもいいね! 刺身に煮付けに潮汁《うしおじる》に……天ぷらもしたいんだけど、さすがに揚げ油とかはないだろうなあ。あ、うちから持っていこうかな?」

本気で言ってる様子の薫に、瞳と渚は「よせ」と強く止める。薫はつまらなそうな顔になったものの、野外学習への期待ですぐに復活し、ぱんぱんに膨らんだデイパックを背負って出かけていった。

「じゃ、俺も補講行ってくる」

「気をつけてな。夕方には帰ってくるのか」

「うん。たぶん、五時とか…六時とかかな」

続けて渚も夏休み中に行われる補習授業へ出かけてしまうと、瞳は時計を見た。そろそろ自分も出なきゃいけないな…と思ってから、はっと気づく。

「瞳、自分も出かけるつもりだったでしょう?」

「……わかるか?」

小さく笑みを浮かべた仁に指摘され、瞳は困った顔で肩を竦めた。六年以上、毎日同じ時刻に出勤していたのだから、タイムスケジュールが身体に刻まれている。渚と薫の弁当を作らなくてはいけなかったとはいえ、今朝《けさ》は早起きしなくてもよかったのだと思い、溜め息を

ついた。

「明日からもっとゆっくりでもいいよな。お前にもつき合わせて早くに飯食わせて、ごめん」

「いえ。俺はいつでもいいですから。瞳は今日は家にいるのですか?」

「いや。十時になったら職安に出かけるつもり。いろいろ手続きとかあるし」

それまでに家事を済ませておこうと思ったのだが、料理以外は仁の方が手際よくやれるようになっている。洗濯も掃除も瞳の出る幕はなくて、結果、お茶の入った湯飲みを手にソファに座ることとなった。

「瞳はずっと毎日働いてたんですから。しばらくゆっくりしてください」

「……うん」

ありがとう…と礼を言いつつも、なんだか落ち着かなかった。瞳に手伝ってもらうほどの仕事はない…と仁が言うのも納得できるけれど、何か手伝えたらと思ってテラスデッキにいる仁に声をかける。

「洗濯物干すの、手伝おうか?」

「いえ、もう終わりますから」

「じゃ、掃除機かけておこうか? それとも風呂の掃除でも…」

「順番にやるんでいいです」

仁が家にいてくれるようになって、格段に楽になっていたけれど、こんなところで誤算が出るとは。窓枠に凭れかかるようにしてしゃがみ込み、青い空と洗濯を干す仁を眺める。

「…就職が決まるまで、俺が家事やるから、お前は仕事したら？　ポールさんだって…」

頼んだ仕事がまだできてこないとポールが嘆いていたのを思い出し勧めてみたのだが、タオルの向こうからちらりと覗いてくる仁の目つきを見て、失言だったと慌てる。逆効果だろうから黙ってくれと言われたのに。

「…いや、…その、ポールさんに頼まれたわけじゃなくてさ…」

「また余計なことを…」

「大変な仕事なのか？」

ポールは仁にとっては大した内容ではないと言っていたけれど、できないのには理由があるのだろうか。続けて、時間がかかる仕事なのかと聞いてみると、仁は肩を竦める。

「別に」

「……。じゃ、手間がかかるとか？」

「そうでもありません」

「じゃあ、あれか。お前の意地悪か」

仁の態度の悪さに対抗するように、ふんっと鼻息つきで言うと慌てて「違うんです」と首を横に振る。易しい仕事であるならさっさとやればいいのに。ポールへの意地悪心で焦《じ》らすような真似《まね》をしてるのだとしたら、大人げない話だ。

「違うことないだろう。ポールさんは待ってるんだぞ。ボランティアでもあるまいし。お金もらうんだろ?」

「まあ…そうですけど…。俺もいろいろ忙しくて…畑とか…」

「だから、俺が代わりにやるって言ってるんだ」

「い、いいです。瞳にはゆっくりしてもらわなきゃいけないんで。すぐやります。すぐに仕上げてポールに渡しておきますから」

「……」

だったら最初からやれ…と口から出そうになったが、仁にもいろいろ事情があるとわかっている。それにどういう内容の仕事をしているのかも知らない。瞳は小さく息をつき、テラスへ出ると、手摺《てす》りに凭れかかって遠くに見える海を見つめた。

「今日もいい天気だからすごい人なんだろうな」

「瞳は行かないんですか?」

洗濯物を干し終えた仁が側に来て聞くのに、瞳は笑って首を横に振る。穂波家から自転車で行ける距離…渋澤製作所があった場所から少し足を延ばしたところに、近隣では一番大きな海水浴場がある。瞳は小学生の時にこの地へ引っ越してきてから、夏休みになると友達と自転車で繰り出した。

「前に行きましたよね？　渚と薫も一緒に」

「そうだったな」

仁が最初に現れた時、弟たちはまだ小学生だった。夏休みに入った二人に誘われ、仁は何度か海へ出かけていた。ちょうど高三だった瞳は受験勉強で忙しく、海水浴どころではなかったのだが、一、二度共に出かけた覚えがある。

「懐かしいな。今度、皆で行きませんか？」

「俺、あれから一度も泳いでないんだ。泳げなくなってるかも」

「大丈夫です。俺と浮き輪で浮いてましょう」

仁は昔も泳げなくて、浮き輪を手放さなかった。ルックスは抜群で、水着もサングラスも決まっていて、サーフィンでもしそうな感じなのに、浮き輪なのだ。いけてるのかいけてないのか、まったくわからない。

「そうだな。二人で浮き輪ってのもありかも」

「渚と薫も喜びます」

就職がすぐに決まるとも思えないし、ちょっとした夏休みだと捉えるのもいいかもしれない。一瞬そんな考えが浮かんだが、すぐに消し去る。何を呑気なことを考えているのかと自分を反省し、もう一度見つめた海はきらきらと光っていた。

十時になると瞳は必要な書類を持参して、地元で一番大きな駅の近くにある職業安定所へ出かけた。渚が通学に使っている路線バスに乗り、街へ出る。瞳も渚と同じ高校に通っていたから、かつては毎日乗っていたバスだ。

けれど、この六年、バスに乗ったことは数えられるほどしかないし、駅まで出ることもほとんどなかった。久しぶりに訪れた街中は自宅と渋澤製作所の往復しかしていなかった瞳にとって気疲れする場所だったが、それ以上に職安は厳しかった。長引く不況のため、職を求める多くの人が集まっており、何をするのも時間がかかる。

煩雑な手続きをなんとか済ませた後、パソコンで求人案内を検索した。しかし、なかなか思うような先がない。やはりネックは通勤範囲で、田舎であるため、自宅から自転車で通える場所には働ける会社がない。

「車か…」

あの家から働きに行くにはどうしたって車が必要になる。やはり、車を買うしかないのかと悩みつつ、四時過ぎに職安を出た。

昼はコンビニで買った菓子パンで済ませただけだったので、空腹だった。駅前で買い物して帰ろうと思ったが、瞳が望む格安スーパーの類《たぐい》はない。さほど遅くない時間だし、バスで自宅近くまで戻り、自転車でスーパーひよどりまで行こうと決めた。

駅前のバスターミナルまで歩いていき、次の発車時間を確かめていた時だ。後ろからぽんと肩を叩《たた》かれる。

「渚」

「兄ちゃん、こんなとこで何してんの？」

振り返れば制服姿の渚がいて、不思議そうに聞いてくる。学校の補講が三時までだと言ってたのを思い出し、「帰るのか？」と聞き返すと渚は頷く。

「職安に来てたんだ。俺も今から帰るとこ」

「あー…そうなんだ。職安ってどこにあるの？」

市役所の近くだと場所を説明しているとタイミングよくバスがやってくる。渚と一緒に乗り込み、後部の座席に並んで座った。

「兄ちゃんとバスに乗るなんて、何年振り？」

「さあな。乗ったこと、あったか？」

「二人きりでは…ないかも。薫が一緒だったり、お母さんが一緒だったりしたね」

子供の頃の記憶を思い出しながら言う渚に、瞳は「そうだな」と相槌を打って窓の外を見た。渚も薫も小学生の頃に母を亡くしているので、今も「お母さん」と丁寧に呼ぶ。思春期が終わり、高校も卒業しようとしていた瞳は「母さん」と呼び方を変えていた。

何気ないことだけど、渚や薫が「お母さん」と口にするのを聞くだけで、瞳は切ないような気持ちになった。

「職安ってどう？」

「めんどくさいことだらけだ。でも贅沢《ぜいたく》は言ってられないからな。早く働き口も見つけないといけないし。今日も求人票をいろいろ見てきたんだが、なかなか…車通勤でしか通えないようなところばかりでさ。車ないと厳しいな」

「……」

「どうした？」

神妙な表情でじっと見つめてくる渚を不思議に思い、瞳は首を傾げる。迷ってるような雰囲気から、昨夜のことを言い出すのかと察した予感は当たった。

「……兄ちゃん、本当に仁くんの話に乗る気はないの？」

「……」

自分が援助するから大学に行き、医者になって欲しいという仁の申し出を聞き、渚と薫は喜んで勧めてきた。そんなことはありえないと、昨夜は強引に話を打ち切ったが、二人が納得したわけではないのはわかっていた。

瞳は肩で息をつき、冷静な口調で事実を挙げる。

「あのな……考えてみろ。仁は…今はうちに居候してるけど、本当は隣の家の人間だ。つまり近所の人に学費や生活費を頼るって、そんなことありえるか？」

「でも…仁くんは家族みたいなものだから…」

「まあ、確かにそうだ。だが…またいなくなるかもしれないじゃないか」

「そうなの？」

「……わからないけど…可能性はゼロじゃない」

渚には「近所の人」と言ったけれど、本当はそれ以上の関係にある。それに仁は繰り返し側にいると約束してくれる。それでも、彼自身の意志が及ばないことがあるのを瞳は知っている。

前回がそうだった。すぐに帰ってきます…と言いながら、仁は六年も帰ってこなかったのだ。

「医学部なんてハンパなくお金かかるし、生活費だっているし。俺は働かないと」

「…でも…兄ちゃんは医者になりたかったんだろ？」

「……」

「今は…どうなの？」

窺《うかが》うように聞く渚に、瞳は答えられなかった。もう諦めた、とか。何言ってんだ、とか。すっぱり返せない自分には迷いがあるのだとわかる。自分自身が仁の話に期待を持っている証拠だと思い、瞳は困った気分で頭を掻いた。

間を置いて「別に」とだけぶっきらぼうな調子で返す瞳に、渚は何も言わなかった。そのまま何回かバスは停《と》まり、そのたびに乗客が乗ってきたり、降りていったりした。海辺へ向かうバスはこの時期混み合ったりもするが、夕方近い時刻だから半分も座席は埋まらない。

　街中を離れ山が近くなってくると、無言だった渚が「あのさ」と切り出した。

「俺…兄ちゃんに頼みがあるんだけど…」

「なんだよ?」

「週末だけ…バイトしたいんだ」

　渚が頼みなんて珍しくて怪訝に思いつつ聞き返した瞳は、続けられた台詞に驚いて目を丸くした。バイトって。小さく呟く瞳に、渚は詳細を説明する。

「海水浴場の海の家で。土日だけ」

「でも…お前、学校とか…勉強は…」

「学校は月金だし。去年もやりたかったんだけど、高校入ったばっかかだったし。今年はいいかなって」

「……」

　瞳は高校の頃、バイトをしたことがない。共働きの両親に代わり、まだ小さかった弟たちの面倒を見なくてはいけなかった。それに長期休暇の間も補講やテストがあるような進学校だったから、周囲にバイトしている人間は見当たらなかった。

　渚も同じ学校だから、休みでも忙しいのはわかっている。なのに、こんなことを言い出したのは…自分のせいだろうと思い、瞳は微かに眉をひそめた。

「…渚。俺に気を遣ってるなら…」

「違うって。やだな〜。兄ちゃん、そう言うってわかってたから、やだったんだよな。内緒でやろうかとも思ったんだけど、後でバレた時怒られるし…」

「当たり前だ。それに保護者の承認がなければバイトできないだろう。お前の学校は」

「同じ学校出身ってのもやだね」

唇を歪めて肩を竦めた渚は、しばし考えてから再び口を開く。

「まあ、確かに俺がバイトしたいのはうちの事情が関《かか》わってるよ。そうじゃないってのは嘘《うそ》になる。お父さんとお母さんが生きてたら考えなかったかもしれない。でも、俺が弟として兄ちゃんを少しでも助けたいって考えるのは普通だと思うんだ」

「でも…」

「自分自身で考えて、今の状況ならやれるって判断したんだ。バイトしたからって成績は落とさないって誓うし、兄ちゃんにも迷惑かけない。兄ちゃんこそ、俺に悪いとか思わないでよ」

「……」

渚が最後につけ加えた言葉は瞳をどきりとさせた。渚に対し、申し訳ないような…自分が不甲斐《ふがい》ないような感情を抱いたのは事実だ。どう返せばいいか悩んでいると、いつの間にか、いつもの停留所に近づいていた。

渚が腕を伸ばして降車ボタンを押す。ビーと鳴る音が車内に響き、間もなくしてバスは停まった。そこで降りたのは瞳と渚だけで、二人を降ろしたバスはすぐに去っていく。

停留所の近くには歩道の余剰分を利用した自転車置き場があり、バス停利用者の自転車が停められるようになっている。瞳と渚の自転車も停めてあり、鍵を外して乗る準備をしたところで、瞳はスーパーに寄ってから帰ると渚に告げた。

「晩飯、何？」

「わからん。特売を見て考える」

「薫いないしね。仁くんと三人だったら予算が余るから、豪華な内容になる？」

「それはない」

期待はするなと釘を刺し、瞳は自転車に跨《またが》ってスーパーひよどりを目指す。しばらく漕いでから後ろを振り返ると、家の方へ向かう渚の姿が見える。渚がバイト。小さくこぼれた溜め息と共に、小学校の卒業式で答辞を読んだ時の思い出が甦《よみがえ》ってきた。

両親が事故で亡くなったのは、渚が小学校の五年生を終わろうとしていた時だった。よって、卒業式には保護者として瞳が出席した。なんでもそつなくこなす渚は、任せられた答辞も堂々と立派に読んでみせた。両親が見たら喜んだだろうなと思ったのを覚えている。

瞳と渚は七つ歳が離れているから、喧嘩になることもなかったが、渚と薫は三つ違いで、同じ時期に小学校に通っていたこともあり、諍《いさか》いがしょっちゅうあった。薫を子供扱いして相手にしなかったり、面倒を見るのを嫌がったりしては母に叱られていた。

けれど、それも両親が亡くなってからはぴたりとなくなった。細かな争いはあるものの…主に食べ物を巡る…本気で叱らなくてはいけないような喧嘩はしない。渚は…もちろん、薫もだけど、いろんなことを我慢して、耐えてきたのだろう。

「……」

そんなことを考えていたら、つい、豚ヒレ肉の塊をかごに入れていた。消費期限間近のものが三十パーセントオフになっていた上に、薫がいなくて三人だからというのもあるが、渚の好物であるカツ丼を作ってやるかという気持ちになっていた。

他にも特売の品を買い込み、スーパーひよどりを後にする。スーパーひよどりは海岸線沿いにあるから、その前の道は海水浴帰りの車で渋滞していた。のろのろとしか動かない車列を横目に颯爽《さっそう》と自転車を漕いでいくと、夕方の風に乗って潮の匂いが感じられる。

渚が海の家でバイトかあ。想像がつかなくて、瞳は呟きながら風を切って走る。五時近くてもまだ明るく、家に着いてもまだ日は沈んでいなかった。門を開け自転車を入れようとした瞳は、「お帰りなさい」という声に振り返る。

「ポールさん」

「どちらへお出掛けだったんですか？　お仕事は…終わられたのでは？」

「職安です。あー…ええと、新しい職場を探すための役場みたいなのがありまして」

外国人であるポールはぴんと来ないかもしれないと思い、説明をつけ加えた。仁と同じく援助を申し出ているポールはわずかに怪訝そうな表情になる。

「新しいって…医者にはならないのですか？」

「まあ…それはやっぱりいろいろと難しいというか…。それより、どうしてここに？　仁に用ですか？」

仁を訪ねてきたのかと思い尋ねた瞳に、ポールはにっこり笑って首を振った。

「いいえ。穂波さんにお話が」

「はあ」

「ありがとうございました。穂波さんが仁に言ってくださったお陰で、仕事を終わらせてくれたんです…！」

「え…？」

何やら嬉しそうな気配は感じられていたが、まさかと思うような内容だったので、瞳は目を丸くする。仁にポールの仕事をやるように言ったのは出掛ける前だ。それが…夕方にはできてるなんて。まったく、仁の怠慢だったとしか思えない。

「あいつ…。やっぱりポールさんに嫌がらせしてたんですね。俺が仕事の話したのって、今朝ですよ?」

「いいんです。とにかく、やってくれただけで私は助かってますので」

「でも…」

「それで…ここからが本題なのですが、私は向こうへ帰らなくてはいけなくなりまして、しばらく留守することになったのです」

ポールが「向こう」と言うのはアメリカ…のどこかだろう。仁もポールもアメリカからやってきたはずだ。曖昧にしか聞いていないから、瞳はアバウトな感覚しか浮かばず、「はあ」と適当に相槌を打った。

しばらくというからには、戻ってくるつもりなのだろうか。ポールは仁を連れ戻すためにやってきて、それが叶わないから隣で暮らしている。数ヶ月が経《た》ち、いい加減諦めて帰った方がいいのではないかと思っていたから、失礼な質問かもしれないと思いつつ、聞いてみた。

「戻ってくるんですか?」

「…はい。穂波さんには…ご迷惑だと思いますが…」

微かに表情を曇らせるポールに、瞳は慌てて首を横に振る。失言だったと後悔しながら、急いでフォローする。

「いや…迷惑ってわけじゃないんですけど、仁が戻ると思えないので…その、ポールさんもいつまでもこんなところで暮らしてるのは大変じゃないかなって」

「お気遣いありがとうございます。仕事の面では支障があるのは事実ですが、住環境は満足しています」

「そう…ですね」

確かにポールは荒ら屋だった隣の屋敷を見違えるほどまでにリフォームした。山間に建つ一軒家は便利とは言い難くても、静けさだけは抜群だ。それでも…ポールが何をしているのか具体的には知らないけれど、仕事はいいのかと心配にもなる。

「どれくらいお出掛けに？」

「二週間程度だと思います」

「そうですか」

隣の住人として…本当はポールの家ではないのだけど…報《しら》せてもらえるのは、心配しなくて済むからありがたい。気をつけてと挨拶しかけた瞳に、ポールは「それで」と切り出した。笑みを浮かべているが、その雰囲気はぴりっとしたもので、思わず緊張を覚える。

「穂波さんにお願いがありまして」

「なんですか？」

「私の留守中に…仁に何かありましたら、すぐにお報せ願いたいのです」

「……」

ポールが仁を監視しているようなのは瞳も承知していた。それは仁をアメリカへ連れ帰りたい一心で、彼の機嫌を窺う意味合いで行っているのだと考えていたのだが、他にも理由があるのではないかという疑惑が浮かぶ。

仁に何かとは、どういう意味か。戸惑いを感じつつ、瞳はポールに「どういう意味ですか?」と確認した。

「いつもと様子が違うとか…何かしら変化がありましたら、些細《ささい》なことでも結構ですから、教えていただきたく思っています」

「変化って…たぶん、仁はポールさんがいなくなったら大喜びでしょうけど、いつも通りだと思いますよ」

「そうですね…。私も大喜びするのはわかっていますが…そうではなくて……。穂波さんが何かおかしいな、と思われたらでいいのです」

「意味がわからないんですけど」

まるで奥歯に物が挟まったような物言いだ。不快に感じて眉をひそめる瞳に、ポールは困った表情になる。しばし、迷いを滲《にじ》ませていたが、諦めたように小さく息をついて、彼の本当の考えを告げた。

「我々は…仁の父親が彼に接触するのを恐れています」

低い声で伝えられた内容を聞き、瞳は息を飲んだ。仁の父親は瞳も知っている。英語しか話せなかった彼と会話を交わした覚えはないが、怪しげな雰囲気を持っていたのは強く記憶している。

ポールやジョージも普通の人間ではない感じがするけれど、仁の父親はもっと明らかだった。それに仁は父親をひどく嫌っていて、その上…。

「でも…仁の父親って…行方《ゆくえ》不明なんじゃないんですか？　仁がもう二年以上、音沙汰《おとさた》がないから…死んだんだろうって言ってたんですが…」

実の父親に対する言いぐさではないように感じたが、複雑な親子関係だとも知っていたから、責める気にはなれなかった。六年前、仁が突然いなくなったのは父親のせいだったと聞いたせいもある。

その父親が仁に接触…というのは…生きているからなのだろうか？　疑問をぶつける瞳に、ポールは真面目な顔で「わかりません」と首を振った。

「我々も正確なところは摑めていないのです。ですが、仁がここで暮らしている以上、接触は可能です。エドワードは仁に悪影響しか与えません」

「……」

仁は父親を嫌っている。だから、万が一、父親が現れたところで相手にしないだろう。そう思っているのに、それをポールに言うことはできなかった。仁は優しい。ポールにだって意地悪をたくさんしても、厭味を山ほど向けても、本当にひどい真似はしない。

そんな仁が嫌っているとはいえ、実の父親を無視できるだろうか？

「…こちらが私の携帯の番号で、もしも繋がらない場合はこちらへ。すぐに対応させていただきますので。それから父親の件はどうか仁には言わないでください。こちらも確認が取れているわけではないので」

「……わかりました」

ポールが差し出してきた紙片を受け取り、瞳は神妙な顔つきで頷いた。ポールが隣で暮らしているのは、仁を連れ帰りたいからだけじゃなく、他にも様々な事情が絡んでいるからなのかもしれない。そんな予感を抱きつつ、丁寧にお辞儀をして去っていくポールを見送った。

少し先にはいつの間にか黒塗りの高級セダンが停まっていた。セキュリティガードにドアを開けさせ、車に乗り込むポールはうちで一緒に食事をする時とは別人のようだ。仁にもああいう顔があるに違いない。普段、考えないようにしている厄介事に頭を占領され、つい大きな溜め息をこぼしてしまった。


自転車をガレージに停め、荷物を手に家へ入る。「ただいま」と声をかけると、すぐに仁が駆け下りてきた。

「お帰りなさい、瞳。お疲れ様です」

「…ただいま」

ポールから気がかりな話を聞いたばかりだったから、一瞬、躊躇《ためら》いが浮かんだ。仁が不思議そうに「どうかしましたか？」と気遣ってくるのに、なんでもないと首を振る。

「渚は？　帰ってきただろ」

「二階にいます。一緒のバスだったとか」

「そうなんだ」

買い物袋を仁に任せて二階へ上がると、渚は居間で勉強をしていた。「お帰り」と言うのに続いて、夕ご飯は何かと聞いてくる。

「カツ丼」

「うっそ、マジ？　やっぱ薫いない分、リッチに？」

渚は喜んでキッチンまでやってくるけど、薫と違って役には立たない。手伝いはいいと断り、勉強しろと命じる。

「時間のある時にやらなきゃいけないだろ。…バイト、行くんだから」

「いいの？　兄ちゃん」

「見てて支障を来《きた》すようだったらすぐにやめさせるからな」

兄ちゃんこそ、俺に悪いと思わないで…と言われた時、渚の気持ちも大切にしなければと思った。渚自身ができると考えて、やろうとしていることを自分の感情論だけで反対するべきではない。

そう思ってバイトの許可を出した瞳に、渚は「やった！」と大喜びする。バイトの話は仁も知っていたようで、「よかったですね」と喜んでいた。

「なんだ。お前、聞いてたのか？」

「帰ってきた渚に相談を受けてたんです。俺からも瞳を説得してくれるようにって。瞳、海の家ですよ。これでますます海水浴に行かなくてはいけなくなりましたね」

今朝、皆で海へ行こうと話していたばかりだ。仁から話を聞いた渚はすっかりその気で、自分がバイトしてる時に来てくれと言う。

「ちょっと待て。お前、今からバイト先探すんじゃないのか？　海の家っていくつもあるだろう？」

「友達の兄ちゃんがバイトしてるとこがあってさ。そこが土日、人手不足で回ってないんだって。で、友達が一緒に手伝いに行かないかって」

「まさか…事後承諾か？」

「ち、違うって。働き手が足りないところだからさ。俺が返事したら即来てくれって感じなんだって」

先に話を決めてきていたのではと疑う瞳に、渚は慌てて弁解する。怪しいものだと思ったが、今さら責めてもしょうがないので許してやり、夕飯の支度に取りかかった。

豚ヒレ肉の塊を切り分け、フライにする準備をしながら、揚げ物大臣の薫が悔しがるだろうなと瞳が呟くと、渚が自信満々に言い切る。

「大丈夫。あいつは今頃、海の幸三昧《ざんまい》のはずだよ」

「本当に獲れた魚を刺身にしてるんですかね」

「やってそうで怖いよ。活《い》け作りとか」

夕飯作りの手伝いを邪魔にならない範囲でしてくれる仁とも薫の話をしつつ、カツを揚げた。からりと揚がったカツは薄切りにしたたまねぎを甘辛い出汁《だし》で煮たものに加えて卵でとじる。みそ汁は庭で獲れたオクラと豆腐。きゅうりの浅漬けや、茄子を梅と鰹節《かつおぶし》で炊いたものも作り、食卓の準備が整う。

「いただきます。今日は仁くんと兄ちゃんだけだから、敵なしだな」

「ああ。お代わりし放題だ」

ライバルの不在を喜び、食事を始めた渚だったが、大好物のカツ丼なのにそれほど箸が進まない。お代わりもせずにお腹いっぱいと言い、薫がいないと調子が出ないとこぼすのを聞いて、瞳と仁は苦笑した。

「そういうものですか」

「わからんでもない」

「なんか負けた気分〜」

「何言ってんだ。薫がいる時に控えろよ。競い合って食わなくてもいいんだよ」

だって…と言い訳する渚は複雑そうだった。その気持ちはなんとなく瞳にもわかって、カツを噛《か》みしめて食べる。一人いないだけなのに、なんだか寂しく感じられる。

また…仁がいなくなったら、こんなふうに寂しい気持ちになるのかもな。そんな想像をしてしまった自分を後悔し、残りのご飯を勢いよくかき込んだ。


夕飯が終わって渚が一階の自室へ下がっていくと、瞳は仁にポールの話をした。帰宅した際にポールに会い、しばらく留守にすると挨拶を受けた…と聞いた仁は、すっと目を輝かせる。

「帰ったんですか?」

「いや、戻ってくるって言ってた」

「なんだ」

つまらなそうに唇を尖《とが》らせる様は子供みたいで、苦笑が漏れる。ポールが喜んでいたのも思い出し、すぐにできる仕事だったのかと聞くと、仁は不承不承頷いた。

「メンテナンスと調整だけだったんで」

「だったら、さっさとやってやれよ」

「俺を頼らず、自分たちでなんとかすべき問題なんですよ。俺の契約は終わってるんです」

「契約とか難しいことはわからないけどさ。ポールさん、嬉しそうだったんだよ。あの人のあいう顔見ると、余計に意地悪されて可哀相だな～って思っちゃうんだ」

「瞳はポールに甘すぎます」

むっとした表情になる仁に、「そうかなあ」と返しながら、彼の父親のことを考えていた。

もしも…本当に仁の父親が生きていたら？　接触するのを恐れている…とポールは言ったけれど、具体的にはどういう意味なのだろう。

ここからまた…仁を連れ出すという意味なのだろうか。

「瞳？」

「……え？」

「どうかしましたか？　なんか…変ですね」

「いや…。…薫がいないだけで、静かだなって…思ってたんだ。いつもと変わらない感じでも…空気が違うっていうか」

「そうですね。薫はいつも賑やかで、皆を楽しませようという気持ちに満ちていますから」

にっこり笑って薫を誉《ほ》める仁に頷き、先に風呂に入ってくると告げて、一階へ下りた。一人になるとまた、仁の父親のことが気にかかり、仕方のない自分に溜め息をつく。生きているかどうかもわからない相手のことを気にするなんて、思い過ごしもいいところだ。

それよりも。

「就職…だよ」

自分自身の問題を早く解決しなくてはならない。溜め息混じりに服を脱ぎ、ざっとシャワーを浴びた。


月曜日から二泊三日の予定で野外学習に出かけていた薫が戻ってきたのは、水曜の夜だった。仕事がなくなり、時間の余裕はある瞳は、薫のためにあさりの炊き込みご飯を作っていた。

「ただいま～。腹減った～。兄ちゃん、晩飯何？」

「お帰り。うわ…なんか、お前、いつもにも増して薄汚れた感じだな？　飯の前に風呂に入ってこい！」

「薫、お帰りなさい。お風呂、入れてありますから」

「仁くん、ただいま。風呂出たらすぐに飯ね！」

帰ってきた途端、家じゅうが賑やかになったように感じられるから不思議なものだ。荷物を投げ捨て、一階へ駆け下りていった薫が、部屋にいる渚にも挨拶している声が聞こえる。

「あいつ…荷物を片づけもせずに…」

「俺がやりますから瞳は食事の準備を。あの分ではすぐに出てきますよ」

仁の言う通りで、瞳は渋い表情で頷き、洗濯物を下へ運ぶついでに渚にも声をかけてくれと頼む。今晩の献立の主役はあさりの炊き込みご飯だ。蒸したあさりから出た出汁で米を炊き、殻から外した身と三つ葉を混ぜる。五合用意したけれど、それだけでは足りないし、タンパク質が足りないというブーイングが出るのは確実なので、鶏天も作った。味のついた衣を厚くつけ、揚げた鶏天はお腹に溜まる。

それにトマトととろろ昆布のみそ汁に、きゅうりとじゃこの梅和え。瞳がテーブルを整え終える前に、風呂を出た薫は階段を駆け上がってきた。

「兄ちゃん、出たよ。腹減った」

「ちょっと手伝え。箸出して…グラスと麦茶も」

「了解」

「どうだったんだ?」

野外学習の様子を聞くと、薫は「楽しかったよ」と開口一番に言って、詳しく話し始める。そこへ仁と渚も上がってきたので、皆で用意をして席に着いた。

「それで、地引き網では何が獲れたんだ? 本当に刺身にしたのか?」

「それがさ、残念ながら全然魚が獲れなくって。俺の予定では網にめっちゃかかるはずだったんだけど…」

「じゃ何を食べたんだ？」

「カレー」

普通じゃん…と言う渚に、薫は残念そうに肩を落とす。野外学習で地引き網をやると聞いてから、薫の頭の中では様々な野望が蠢《うごめ》いていたようなのだが、そううまくいくものではなかったらしい。

「でも友達と一緒に作って食べるのは美味しかっただろ？」

「まあね。あ、兄ちゃん。今度の日曜、海に行ってもいい？　部活休みだし、皆で行こうって話になったんだ」

反対する理由はなかったが、渚の件が頭に浮かんで一瞬返事が遅れた。瞳だけでなく、当の渚や仁も反応を示して、三人が揃って窺うような視線を向け合っているのを見た薫は、不思議そうに首を捻る。

「何？　なんかまずい？」

「……いや。海に行くのはまずくないが…ただ…」

「俺、バイトすることになったんだ」

渚が自ら打ち明けた話を聞き、薫は目を丸くした。瞳に許可を取った翌日、渚は友人とともに海の家へ面接に行き、即採用されてきていた。土曜の朝から初バイトに出かけることになっている。

「海の家で」

「マジで⁉　え、いいの？　兄ちゃん」

「いいも何も。渚は高校生だし、校則でも保護者の許可があればバイトしてもいいことになってる。本人がやれるって言うから、許可したんだ」

「そうなんだ。海の家でバイトって何すんの？」

「まだわからないけど、とにかく土日は忙しいらしいから、できることをなんでも手伝って欲しいって言われてる」

「渚、役に立つの？」

「うるさい」

本気で心配している様子の薫に顔を顰め、渚はあさりご飯をかき込む。一昨日《おととい》も昨日も、微妙に食べが悪かった渚が本来の調子を取り戻したのは薫のお陰なのだろう。だが。

「兄ちゃん、おかわり！」

「俺も！」

二人揃っている時には多少調子が悪い方がいいと思ってしまう。競争原理が働き、おかわり合戦になるのは予想できて、用意はしていた。キッチンにあると告げると、渚と薫は競うように走っていく。

残っているあさりご飯をきっちり半分ずつしようと言い合う二人を呆れ半分で見ていると、

薫が「そうだ」と思い出したように声をあげた。

「ところで、兄ちゃんの方はどうなったの？　就職とか」

「あー…取《と》り敢《あ》えず、面接を受けようと思って、履歴書は提出した」

「そうなんですか？」

聞かれたから答えただけなのだが、仁が思いの外勢いよく反応したのに、瞳はびっくりして息を飲む。心の底の迷いは消えていないものの、就職しなくてはいけないという思いは強く持っている。昨日、再び出かけた職安で、通勤に関する問題はあるものの、それ以外はクリアしている求職を見つけた。

職安の担当者とも相談し、一度面接を受けてみることに決めて、今日履歴書を出した。仁には就職が決まったら話そうと思っていたのだが。

「ちょっと遠くて…。車通勤だと三十分くらいなんだけど、車を買うのはやっぱり躊躇いがあってさ。その会社はバスで一度駅まで出て、電車で最寄《もよ》り駅まで行って…そこからは会社のマイクロバスが出てて、通えるんだよ。多少、時間はかかっても通勤できるかなって」

「どんな会社？」

「車の部品を製造してる会社で…でも、渋澤製作所よりずっと大きな会社だ。だから、雇ってもらえるかどうかはわからないんだけど」

「瞳ならどこでも雇ってくれます。くれますけど…」

渋面になっている仁が反対なのはよくわかる。それでも、仁の意見を聞くつもりはなくて、一方的に面接は金曜日だと告げた。兄が頑固で、一度言い出したことはやりぬくと知っている弟たちは、それぞれの思いをしまって励ます。

「兄ちゃん、頑張って」

「兄ちゃんなら大丈夫だよ」

不安も迷いもあるけれど、一歩を踏み出してみなければ変わらない。ありがとう…と礼を言い、複雑な表情のままでいる仁を前に、瞳は夕飯を食べ終えた。


仁が言いたいことも、自分をどうにかして説得しようとしているのもわかっている。だから、それとなく無愛想に振る舞い、仁に話す機会を与えないようにしていたのだけど、二人きりになってしまうと難しくなる。

翌日、渚は補講に、薫は部活に出かけてしまうと、仁と二人になった。面接の決まっている瞳は出かける必要もなく、家にいたのだが、そうするとどうしたって隙《すき》が生まれる。

「瞳。俺の話を聞いてください」

「……」

朝食の後片づけも、洗濯も掃除も終わり、一段落したところで仁が真面目な顔でやってきた。ソファに寝そべっていた瞳は返事をせずに、読んでいた本で顔を隠す。

「俺は瞳にどうしても大学に行って医者になって欲しいんです。お願いですから、就職なんてやめて、大学に行ってください」

「……もうその話はいい」

「よくないです。…瞳が医者になっていなくて、工場で働いていると聞いた時、俺はショックでした。瞳はきっと…優しくて賢い、皆から慕われる医者になると思っていたからです。それでも…渋澤製作所で働いている瞳の様子を見ていたら、とてもいい会社なのだとわかって…辞めて欲しいとは思いませんでした。瞳は渋澤製作所の皆さんを信頼していて、皆さんも瞳を頼っていて、とてもいい関係ができていると感じていました。でも、その渋澤製作所がなくなってしまった以上、瞳には大学に行って欲しいんです」

「なんでだよ？ 雇ってもらえるかどうかはわからないけど、明日、面接に行く会社は前より大きな会社だし、安定してる。人間関係だって、中に入ってみなきゃわからない。いい人も嫌な奴も、どこにだっている」

「それはわかります。けど、瞳は本当に工場で働きたいんですか？ それが瞳のしたいことですか？」

「………」

仁が言い出したのは青臭くも聞こえる、理想論だった。したいことなんて。そんなことを第一に考えて行動できるような余裕などなかったし、今もない。それは仁だってわかっているだろうと怪訝に思い、眉をひそめる瞳に仁は真剣に続ける。

「瞳が元々、特にやりたいこともなかったのならいいんです。でも、俺は瞳が医者になりたかったのを知ってるから……そうなって欲しいんです」

「……。あれから何年経ってるか、わかってるか？」

「……。六年です」

「六年って長いぞ。小学生なら学校を卒業するような年月だ。……今はもう、医者になりたいとか、考えてないんだよ。それにしたいことだけしてる大人なんて、いない。お前だって自分の仕事……っていう定義が当てはまるかどうかわからないんだけど、報酬を得てるから仕事だよな？　それって、お前がしたいことなのか？」

「それは……」

「だろ？　お前だって俺と同じだ。そういうもんだ。大人っていうのは」

正論をぶつけた瞳に対し、仁は何か言い返したそうではあったが、言葉がすぐに出てこない様子だった。話は終わったとばかりに瞳は背を向けて、再び本を読もうとしたのだが、仁は食い下がってくる。

「でもっ…俺は瞳に医者になって欲しいんです！」

「……」

「瞳には…自分のやりたいことを…やって欲しいんです」

切々と訴えてくる仁は真剣な様子で無視することはできなかった。そっと後ろを振り返ると、らしからぬ厳しい表情で見つめている。仁が大きな声を出すなんて珍しいし、自分のことを親身に考えてくれているのもわかる。

けれど。

「……変な顔」

「瞳？」

見慣れない難しい顔つきを見ていたらおかしくなって、つい笑ってしまった。一度笑うと、ますますおかしくなって止められなくなる。

「っ…わかってる。ごめん、ごめん。けど……」

「瞳。俺は真面目に…」

お前の顔がおかしい…と笑いながら言う瞳の上に仁は覆い被さった。困った顔のまま、笑っている瞳に口づけて、笑い声を塞《ふさ》いでしまう。

「……ん……っ…」

笑うのをやめさせるだけのつもりだったのに、ついキスは深くなる。どちらからも終わりが決められず、しどけなく続けているうちに身体が熱くなる。

「ふ……っ……ん…」

午前中の、それもまだ早い時間に口づけられる自由があるなんて、まるで夏休みみたいだ。初めて仁とキスをしたのも夏休みだった。一度目のキスまでにはものすごく葛藤があったのに、いざ口づけてしまうと呆気《あっけ》ないほど、快楽に溺《おぼ》れた。

あの時は時間はたっぷりあっても、まだ小さかった渚や薫が周囲をちょろちょろしてたから人目を忍ばなくてはいけなかった。でも今は。何を気にすることもなく、欲望に忠実になれる。

「…っ……は…あ…」

それでも、朝露を孕《はら》んでいるような涼風が窓から入ってくると、ふいに時刻を思い出す。甘えるみたいに首元に顔を埋める仁の肩越しに窓の方を見れば、青い空が光っていた。

「……駄目だぞ」

こんな時間から睦《むつ》み合うなんて。理性を働かせて仁を制すると、不満げな表情を浮かべて顔を上げる。

「どうしてですか?」

「どうしても何も…今、何時だと思ってる?」

「どこかへ出かける予定でも?」

「……予定はないけど…」

ならいいですね…と微笑《ほほえ》み、仁は再び口づける。感じるようなキスをされれば負けるのは自分の方だとわかっている。それとなく唇を解《ほど》き、「だから…」と諭そうとするのに、いきなり抱え上げられて言葉が続かなくなった。

「っ…わ…！」

仁は居間の隣である寝室へ瞳を連れていき、ベッドに優しく下ろす。寝室は居間ほど大きな窓がないせいもあり、午前中はまだ薄暗い。ここならいいですか？　と自信満々に聞いてくる仁に苦笑し、瞳は首を横に振った。

「そういう意味じゃないって」

「じゃ、キスだけ」

そう言って、仁は口づけてくるけれど、快楽に溺れてしまえばそれだけで済まないとわかっている。いけないという気持ちはあるのに、仁を強く制しきれないのは怠惰な余裕があるせいだ。

予定もないし、誰もいないし、やるべきことも片づいている。そんな時に恋人が側にいたら…。

「……ふ……っ……仁……」

「……瞳…愛してます」

「…ん……」

愛おしげな響きの告白は一言で心を満たしてくれる。自然と口角が上がるのを感じながら、返事の代わりに、仁の背中に回した掌に力をこめる。

「……瞳には…俺がいますから。お願いですから…無理はしないでください」

「……」

抱きしめられているから仁の表情は見えなかったけれど、さっきみたいに難しい顔をしている気がした。瞳は内心で溜め息をつき、仁の耳朶《みみたぶ》に唇を寄せる。淡いキスで心配性な恋人に、大丈夫だからと答えを返した。


朝から空には雲一つなかったけれど、天気予報では午後から雲が出て、夕立があるだろうと告げていた。折り畳み傘を持って出ようか迷ったものの、あまりにも晴れ渡っていたので帰るまでは持つだろうと思い、持たなかった。

三階建てのビルを出てすぐに、瞳は自分の判断を後悔した。時刻は三時前だが、すでに空は出がけとは違った表情を見せている。不穏な灰色をした雲が西の方に見え、ひどく蒸し暑い。着慣れないスーツを着ているせいもあって、窮屈さも合わさった不快感に眉をひそめて歩き出した。

面接が行われた事務棟から駅へ向かうマイクロバスが出る停留所までは結構な距離があり、日は陰っているというのに歩いているだけで汗が滲んだ。正門近くにある停留所に時刻表が貼《は》られており、昼間の時間帯は一時間に一本しか出ないとわかった。次のバスまでは三十分以上あり、諦め気分で屋根のあるベンチに腰かける。

もういいだろうと思い、ネクタイを緩め、息を吐いた。職安の担当者から面接にはスーツで行くように言われ、自分のスーツを持っていない瞳は困り果てたのだが、亡くなった父のスーツがあるのを思い出した。父は瞳と同じく小柄な方だったから、サイズもなんとか合った。

しかし、借り物感は否めず、どうかと思ったものの、新しい物を買ったところで、今後着る機会が頻繁にあるとは考えにくい。この面接のためだけに新調しなかったのは正解だったかもしれないと思いつつ、どんどん雲が押し寄せてくる空を眺めていた。

ようやくやってきたマイクロバスに乗り、駅へ向かう間にぽつぽつと雨が降り出した。駅から電車に乗り、自宅近くまで行ける路線バスが出ている主要駅へ向かう。そこに着いた時には本降りになっており、傘を買おうか悩んだのだが、やむかもしれないという期待を抱いて購入しなかった。

それにバスがタイミングよく来たせいもある。路線バスも本数が少ないので慌てて駆け込み、一息ついたものの、雨脚がどんどんひどくなっていくのを見て、諦め気分で溜め息をついた。

バス停からは家まで自転車で一気に駆け抜けるしかないだろう。ずぶ濡《ぬ》れになるのを覚悟していた瞳だが、最寄りの停留所に停まったバスから降りようとした時、そこで待っていた人影に驚いた。

「仁？　どうしたんだ？」

「瞳、傘を持っていかなかったでしょう」

「……」

にっこり笑って傘を差しかけてくれる仁に、瞳はすぐ「ありがとう」と言えなかった。そこで降りたのは瞳だけで、バスはすぐに発進する。水しぶきを上げて走り去るバスの音が遠くなっていくと、雨音が強く聞こえるようになった。

「瞳…？」

窺うような声で名前を呼ばれ、瞳ははっとして身体を揺らす。仁が手にしている別の傘を受け取り、「ありがとな」と言ってそれを差した。

「こんなに早く本降りになるとか思ってなくてさ。家に着くまでの間にずぶ濡れになるだろうなって覚悟してたんだ。助かった……ていうか、お前、いつからいたんだ？」

胸に湧き上がった気持ちをごまかすために早口で説明していた瞳は途中でその事実に気がつき、眉をひそめた。仁が傘を持って待っててくれたのは驚きで、とてもありがたかったけれど、帰宅時間を告げてはいなかった。

おおよそ、夕方くらいになると言っただけだ。なのに、仁がここにいたのは…。

「三時…くらいに雨が降ってきて、瞳が傘を持って出ていないのに気づきましたから…」

「三時って……そんな時間から？」

「でも歩いてきましたから、さほど待ってません」

それでも時刻はもう四時半を過ぎているから、一時間はいたはずだ。バカだな…と瞳が呟くと、仁は嬉しそうに笑う。

「すみません。…瞳。自転車は明日、俺が取りに来ますから、歩いて帰りませんか」

「…ん…」

仁は歩いてきたというし、傘を差して自転車に乗るのも危ない。仁の勧めに頷き、二人で道路を渡り、家へ向かって歩き始める。

仁が何も言わないのは自分を気遣っているからなのだろうとわかっていた。だから、自分の方から話さなくてはいけないと思うのに、きっかけが摑めない。何から話したらいいのか。迷いながら歩みを進めていると、静かな声が隣から聞こえる。

「瞳。聞いてもいいですか？」

「…うん」

質問に答えるような形の方が楽だ。そう思って頷くと、「どうでしたか？」と問いかけられる。午後から行われる面接のために、似合わないスーツを着て出かけた時にはアスファルトの照り返しが眩《まぶ》しいくらいだった。

あれから数時間しか経ってないのに、こんなひどい土砂降りになるなんて。まるで自分の気持ちみたいだと思って、瞳は息をついて口を開く。

「返事は…来週くれるって言ってたけど、…たぶん、駄目だと思う。なんか、うまくやれなかった」

「……そうですか」

「……。喜んでるのか？」

「ま、まさか！　とんでもない！　瞳が落ち込んでるのに、喜ぶなんて！　ありえません！」

「………」

慌てて否定を重ねるところがとても怪しい。ぶんぶんと傘まで振る仁を眇めた目で見て、瞳は唇をへの字にする。就職するのに反対している仁にとっては、自分の失敗は喜びだろう。腹は立ったが、正直、それで気が楽になった。

渚と薫は弟だけど、仁は違う。二人には言えないことも仁には言ってもいいはずだと思い、初めて受けた面接の経緯を話す。

「思えば、俺、面接受けたのって初めてなんだ。渋澤製作所には社長が招いてくれたから…面接なんてものはなくてさ。履歴書書くのも初めてで…その時に、改めて自分はちっぽけだなあって思ってた」

「ちっぽけ？　小さいって意味ですよね？　瞳は確かに、背が高い方ではありませんが、小さくはありませんよ？」

「そういうことじゃなくて」

真面目な顔でとんちんかんなことを言う仁に苦笑し、瞳は履歴書に貼りつけた写真を思い出す。駅前にあった写真撮影機で撮った写真は緊張した顔つきだったせいもあるのか、まるで知らない人が写っているかのように思えた。

「お前は知らないかもしれないけど、履歴書ってのがあってさ。自分のこれまでの学歴とか職歴とか、資格とか書くんだけど、俺の場合高校卒業して今まで渋澤製作所にいて、資格は自動車免許しかないんだ。何ができるの？　って聞かれてもうまく答えられなかった」

「……」

「それでも一生懸命やりますとか返したんだけど、俺が行ってた高校ってこのあたりじゃ有名な進学校なんだ。卒業生のほとんどが大学に進学するような学校だって知られてるから、俺はどうして就職したんだって聞かれて。親の話するしかなくて……俺にとってはあまり言いたくないことなんだけど、説明しなきゃいけないような状況でさ。けど、誰も興味なさげなんだよ。別に同情して欲しいわけじゃないけど、聞き流されて平気な話でもないからさ。なんか、そのあたりから…うまくやれなくなって」

「瞳…」

「改めて、自分はまだ子供だなって…今まで社長とか、渋澤製作所の皆に甘やかされてきたんだなって感じた」

面接なんてこんなものだ。向こうは仕事なのだし、こっちも仕事と思って割り切らなきゃいけない。そう思うのにコントロールできなくなって、「使えない」と判断されたのだけはひしひしと感じて帰ってきた。

これまで瞳はどこでも必要とされてきた。家でも、職場でも。自分がいなければ駄目だと純粋に信じていられたのに、こうして突きつけられた現実は頭では当然だと思いながらも、心は理解を拒んでいる。

いや、拒んでいるのではなくて、萎縮《いしゅく》してしまっているのだ。お使いに出かけて迷子になってしまった子供のように。

「瞳はバカですね」

「……」

ぼんやり考えながら歩いていた瞳は、隣から聞こえてきた言葉に驚き、足を止める。仁が自分を「バカ」と言うなんて。初めての出来事に目を丸くして見る瞳の前に回って仁も立ち止まる。

「なんで俺がバカなんだよ?」

「バカですよ。瞳を必要としている人は別のところにいるのに、全然見当違いの方向へ進もうとしてるんですから」

「……」

「瞳が行こうとしている先は、瞳がいるべき場所ではありませんよ」

きっぱり言い切る仁の顔は真剣だ。ざあざあと降り続く雨の向こうに立つ仁を、瞳はしばらく睨むように見つめていた。言い返したいことはある。仁は自分を好きだから、買い被っているだけだ。本当の自分は…今日、面接会場にいたのが、本当の自分なのに。

けれど、言葉にはできなくて歩みを再開した。自然と早足になる瞳に仁も並ぶ。怒った様子の自分を気遣うふうもなく、ただ歩いている仁は本気で自分を心配してくれているのだと思うと、心の底がきゅっと締めつけられるような息苦しさを感じた。


夜半にかけて降り続いた雨は明け方にやみ、朝陽が顔を覗かせた。土曜の朝、人生初のバイトに出かける渚は、朝から緊張した顔つきで起きてきた。

「珍しいな。土曜の早い時間に自分から起きてくるなんて」

「何言ってんの、兄ちゃん。俺、九時には出かけないと。十時からなんだよ。バイト」

「十時からだったら九時半に出ても間に合うぞ？」

「初出勤だよ？　早めに行くのが礼儀ってもんでしょう」

ふん…と鼻息荒く言うけれど、朝からこれじゃ昼には疲れきってるんじゃないかと心配になる。瞳は仁と二人分だった朝食の用意を増やしつつ、何時までなのかと聞いた。

「一応、四時だけど、その日の混み具合で延長をお願いするかもって言われてる」

「じゃ、かなり長い時間だな。ほら、たくさん食っていけよ」

丼にご飯を盛り、納豆と卵も用意する。茄子と茗荷《みようが》のみそ汁をお椀《わん》に注ぎ、食卓についた渚のもとへ運ぶと、朝から畑を見に行っていた仁が上がってきた。

「おや、渚。早いですね」

「だから、昨夜皆に言ったじゃん。今日からバイトだって」

「そうでしたね。あ、トマトが獲れたんですよ。食べていきませんか?」

「食う食う」

他にも仁が抱えてきたざるにはきゅうりやピーマン、オクラにゴーヤと夏野菜が盛りだくさんだ。

「おお、ゴーヤも獲れたのか」

「はい。まだ小さいかなと思ってたら、一気に育ってました。やはり日当たりのいい場所を好むようですね」

濃い緑色をして突起が尖ったゴーヤは思いきり苦そうで、夏の食欲をそそる。夜はゴーヤチャンプルーだなと言いながら、瞳はトマトをざっと洗って切った。みずみずしいそれを皿に載せ、塩を振って渚へ出す。

「美味しい！　仁くんの野菜って味が濃いよね。トマト～って味がする」

「獲れたてだからな」

他にもきゅうりをざっくり切って出し、仁と二人分のご飯やみそ汁を並べて、渚と共に朝食を食べた。渚がどんぶり飯を二杯食べたところで、部活に遅刻すると騒ぎながら薫が起きてくる。

「やべえ！　目覚ましかけて寝るの、忘れてた！」

「お前、今日は土曜だぞ？　夏休み中の土曜は試合以外の練習はないとか言ってなかったか？」

「違うって。休みなのは明日で、今日はほら、野外学習で練習できなかったから、朝からあるんだよ」

怪訝そうに確かめる瞳に薫はあたふたしながら説明した。早くしないと間に合わないと言いながら、水筒に麦茶を入れている薫に、立ち上がった仁が近づく。

「薫、俺がやりますよ。先に朝食を食べてください」

「ありがとう。仁くん」

仁の厚意に甘え、薫は自分用の丼にご飯をよそい、みそ汁も注いで食卓へ運んだ。瞳の横に腰を下ろし、「いただきます」と手を合わせる姿を見て、瞳は台所にいる仁に声をかける。

「仁。薫にも納豆と卵を出してやってくれ」

「卵ってこっちの新しいやつですよね？」

冷蔵庫から納豆と卵を出してきて尋ねる仁に瞳は頷く。それでご飯を食べろと勧める瞳に頷き、薫は早速納豆を混ぜながら「よかった」と小さく呟いた。

寝坊したけれど、朝ご飯を食べて出かけられそうだから？　呟きの意味がわからず、不思議そうに見ると、薫ははっとした後、失敗したみたいに微かに顔を顰めた。理由を問う瞳の視線に負け、「だって」と小さな声で説明する。

「昨日、兄ちゃんと仁くん、喧嘩したみたいだったからさ」

「……」

思い当たる節のあった瞳は一瞬動きを止めた。薫の前に座っている渚も様子を窺うようにしているのがわかって、内心で溜め息をつく。

「何言ってんだ。早く食え」

ぶっきらぼうに言い捨てると、薫は素直に頷いて箸を動かす。薫にも渚にも、心配をかけていたのだと思うと、申し訳ないような気持ちになった。

雨の中、迎えに来てくれた仁と小さな言い合いになり、その後、無言のまま家に着いた。喧嘩なんてしていないけれど、ぎくしゃくしてしまっていたのは事実で、昨夜はお互いが口数が少なかった。

でも、大人だし、引きずるようなことでもない。だから、一晩寝て、起きてからは普通にしているのだけど、それを渚も薫も敏感に感じ取っていたのだ。

「薫。お茶はこの水筒二つですよね？　お昼はどうするんですか？　おにぎりでも持っていきますか？」

「昼はうちで食べるから。いいよ、仁くん。ありがとう」

「おにぎりって仁くん、握れるの？」

「…三角じゃなければ」

渚の鋭い突っ込みに、仁は神妙な顔で返す。かく言う渚だって、三角には握れないのを知っている瞳は、目を眇めて注意した。

「お前だって三角にはできないだろ？」

「い…いや。三角じゃなくったって、おにぎりはおにぎりだよ。ね、仁くん」

慌てて、今度は同意を求める渚に、仁は苦笑して「そうですよね」と相槌を打つ。まったく、甘いなあ。瞳の呟きに仁は嬉しそうにも見える笑顔で「すみません」と謝った。

時間がないと慌てて朝ご飯をかき込んだ薫が飛び出していくと、渚は落ち着かない様子で支度を始めた。まだ早いぞ…と呆れる瞳に、万が一でも遅れるといけないから近くまで行って待ってると言い、出かけていった。

「意外と神経質なんですね。渚は」

「まあな。へとへとになって帰ってくるだろ」

兄心が疼き、仁と共に見送りに出た瞳は、渚の自転車が坂道の向こうへ消えたのを見届けて肩を竦める。失敗するんじゃないかとか、役に立たないんじゃないかという心配よりも、無理をしすぎるのではないかという心配の方が大きい。

「なんでもうまくやろうとするからな。うまくやるのも上手だし」

「瞳と同じですね」

「いや。俺の方が図太い。もっと図太いのは薫だ」

瞳の分析に「なるほど」と頷き、仁は空を見上げた。昨日の午後からとはまったく異なる青い空が広がっている。今日は夕立になりそうだという予報もない。

「瞳。俺、自転車を取ってきます」

「俺が行ってくる。自分のだし」

バス停近くの自転車置き場に置いたままの自転車を取りに行くと言う仁に、瞳は自分が行くと申し出た。それに「じゃ」と笑って、仁が提案する。

「散歩がてら、二人で行きましょうか」

渚も薫も出掛けてしまったし、急ぐような用は何もない。断る理由はなくて、玄関の鍵を

いた。

なんとなく、会話がなかったのは、お互いが昨日のことを思い出しているからだとわかって

ない。それにまだ太陽は昇りきっておらず、穂波家が建つ山間は涼やかな空気で満ちている。

バス停までは結構な距離があるが、舗装された道を下っていくだけだから、さほど苦では

かけ、バス停を目指して仁と歩き始めた。

ざあざあ降りの中を二人で帰った午後。無口でいたのは仁がらしからぬ強固な態度だったせいもある。いつもだったら、仁の方から折れるのにそうしなかったのは、それだけ強い思いがあったからなのだろう。

一晩考え、それだけは認めなくてはいけないと思っていた。どうやって話そうか。考えながら歩いていると、仁の方が先に口を開く。

「…昨日は…ごめんなさい」

「……」

「バカなんて言ってしまって。反省しています」

殊勝に謝る仁に、瞳は顔を顰めて「何言ってんだ」と無愛想な口調で言い返す。

「そんなこと言ったら、俺は毎日のように反省してなきゃいけないじゃないか」

「違います。瞳がバカって言うのはいいんです」

「なんで?」

「だって……瞳は愛情を持って言ってくれているでしょう?」

「じゃ、お前は愛情なく、言ったのか?」

いいえ! と仁は大きく首を振って否定する。それで自分の言う意味が繋がらないと気づいた仁は、失敗したみたいに途方に暮れた顔になった。仁に間違った気の遣わせ方をしているのは自分だ。瞳は自分こそ、反省しなきゃいけないと思いながら「仁」と呼びかける。

「お前が心配してくれてるのはわかってるし、嬉しいと思ってる。お前の言うことも、理解してるつもりだ。……けど、俺にも譲れないところがあるんだよ」

「……」

「昨日は…初めての経験でショックを受けてたこともあって…つい、愚痴をこぼしてしまったんだ。悪かった。反省しなきゃいけないのは俺の方だ」

ごめん…と繰り返し謝ると、仁は渋い顔になった。きゅっと眉をひそめ、唇をへの字にした表情はふてくされているようにも見える。仁がそんな顔をするのは珍しくて、瞳は驚いてしまった。

「なんだよ、その顔」

「瞳を説得できない自分が悔しいんです」

「は?」

「実は…瞳の就活がうまくいかないように願ってるんですが、うまくいかなくても瞳は逃げるのは嫌だとか言って、大学へ行ってくれないような気がして…。ちょっと、困り果てています」

「……」

その気持ちを表した顔だという仁になんて言えばいいかわからず、瞳は肩を竦める。仁の推察が当たっていて、何も言い返せなかったせいもある。今、ここで仁の援助を受けて医者になろうとするのは逃げなんじゃないかという考えは確かにあった。就職活動がうまくいかないから、別の道へ…なんて。許されることじゃないと、思ってしまう。

「…お前って、意外と賢いよな」

「意外とは余計ですよ」

実は天才らしいのに。失礼な台詞だったかもしれないと思ったものの、バス停に着いたら前言を撤回したくなった。

「で、お前はどうやって帰るんだよ？」

バス停には瞳の自転車が一台あるだけで、どちらかがまた歩いて戻らなくてはいけない。二人で来るなら、一人が自転車を引いてこなければいけなかったと後悔しても遅い。考えなしな行動を呆れ、尋ねる瞳に仁は悲壮な顔つきで答えた。

「……走ります」

「死ぬぞ」

バス停まで歩いてくる間に、気温はぐんぐん上がり、陽差しも眩しいくらいになった。お世辞にも運動に長《た》けているようには見えない仁が、山道を駆け上れるわけもなくて、瞳は溜め息混じりに「乗れよ」と勧めた。

「乗れって…どこにですか?」

「後ろ。二人乗り、やったことない?」

不思議そうな顔で首を横に振る仁に、瞳は運転するように指示する。サドルに跨り、ハンドルを握った仁の背後に回り、瞳はひょいと荷台に座った。中学の時に入学祝いで買ってもらった自転車には荷物が括《くく》りつけられるように荷台が取りつけてあり、そこに腰かければ二人乗りができる。

「行け、仁!」

「は…はい。でも、いいんですか?」

「いや、本当はいけないことだから、見つかったらまずい。早く家に帰ろう!」

瞳の話を聞いた仁は慌ててペダルを踏み始める。早くと瞳に急《せ》かされ、ぐんぐんスピードを上げていく。二人で風を切るのはとても爽快《そうかい》で、嫌なことだけが吹っ飛んでいくような気がした。

予想通り、渚はくたくたになって帰ってきたけれど、大変でも楽しかったと言う顔は輝いていた。

「天気がよかったのもあるけど、マジ忙しくて。お腹が空《す》いてるのを思い出す暇もなかった」

「で、渚は何してるの？」

「注文受けたり、運んだり、皿洗いしたり。雑用だけど大変」

「俺、明日、海に行くからさ。覗くね」

渚にバイトの様子を聞いている薫が言うのを聞き、瞳は自分も海水浴に誘われているのを思い出す。仁はすっかりその気で、新しい水着まで買ってきていた。

「ほら、瞳の分も浮き輪、用意しましたから」

「…お前…ここから膨らませて持っていくのかよ？」

姿が見えないなと思ったら、仁は居間の隅で空気入れを使って浮き輪を膨らませていた。

ピンク色と水色の大きな浮き輪を見て、瞳は絶対ピンクは持たないと断言する。

「どうしてですか？　瞳に似合うと思ってピンク色を選んだのに…」

「なんで？」

逆になぜピンク色が似合うと思うのか聞きたいと、瞳は険相になる。しゅんとする仁を渚たちが「ピンクは仁に似合う」と持ち上げ、その気にさせているのを横目に、テレビで天気予報を確認した。

明日は晴れ。夕立になる気配もない。日曜だし、海水浴場は今日以上に混み合うだろう。面接がうまくいかなかったショックで、海水浴なんて気になれなかったのだが、渚がどんなところで働いているのか見てみたいという気持ちもあって、誘いに乗ったのだ。

そして、翌朝。バイトのある渚と、友達たちと約束している薫は先に出かけ、昼近くになって瞳と仁も出かける準備をした。下は水着で、上はTシャツで。ビーチサンダルを履いて、自転車に乗って海水浴場まで行くのが常だったが、大人になってみるとどうなのかなと思う。

「帰ってくる間に乾くし、シャワーも家で浴びればいいって感じだったんだけど…。やっぱ大人が水着で自転車に乗るってまずいかな」

「でも、水着といってもハーフパンツのようなものですから、平気だと思いますよ。……まあ…瞳はセクシーに見えなくもありませんが…」

「あのなあ…」

そんなふうに見るのは世界でお前だけだと言い捨て、瞳は飲み物やタオルをかごに放り込んで出発する。大きな浮き輪を二つ、背中に提げた仁も横に並び、海辺までゆっくり自転車を漕いでいった。

海岸線を走る国道に出ると車が渋滞していた。地元民にとっては夏の風物詩でもある。その横をすいすい走り抜け、海水浴場に到着すると防波堤の側に自転車を停めて浜へ出る。夏休みの日曜日。海水浴を楽しもうという行楽客で浜は埋めつくされていた。

「すごい人出だな。渚もてんてこ舞いだろう」

「渚が働いてる海の家はあれじゃないですか」

仁が指す方を見れば「ビーチフラッグ」という看板が見える。海の家はいくつかあって、それぞれに名前がついている。渚から聞いている店名だと確認し、まずは様子を覗こうと、近づいていった。

昼時ということもあり、食べ物や飲み物を求める客が列をなしており、小屋の中も休憩客でいっぱいだ。渚の姿を探すと、レジ近くで飲み物を作って渡しているのが見えた。

「おお、働いてる。ちゃんとやってるな」

「忙しそうですね」

邪魔をしてはいけないからと、確認しただけで瞳と仁は立ち去ろうとしたのだが、渚の方が二人に気づいた。「兄ちゃん」と呼ぶ声に手を上げて応《こた》えるだけで済ませようとしたのに、渚の側にいた男性が近づいてきた。五十代くらいの、よく日に焼けた男性は渚の雇い主なのだろうとすぐに想像がつき、瞳は姿勢を正して挨拶する。

「すみません、邪魔をしてしまって。穂波渚の兄です。弟がお世話になります」

「こちらこそ、世話になってます。ここの経営者の瀬上《せがみ》と言います。渚くんはしっかりしてて、助かります。…あ、適当に空いてるところ使ってもらって構いませんから」

どうぞどうぞ…と愛想のいいオーナーに空席を勧められ、瞳たちは恐縮しながら座った。忙しいので失礼しますと仕事に戻る相手にお辞儀をし、もう一度渚を見ると、しっかり働いてる姿が見える。

「よかったですね。オーナーもよさそうな人で」

「ああ。ほっとした」

なにぶん初めてのバイトだ。過保護だと思いつつも心配が消えなくて、バイト先を覗くような真似をしてしまったのだが、迷惑がられなくてよかった。ほっとして荷物を置き、浮き輪を手に海へ向かう。

久しぶりに入る海にどきどきしたけれど、晴天の中、自転車を漕いできた身体は熱くなっており、ひんやりとした海水がとても気持ちよかった。それに泳げなくなっているかもと考えたのはまったくの杞憂で、昔と変わらずに泳げる。すいすい平泳ぎで泳いでいく瞳に、ピンク色の浮き輪に身を託している仁は、色違いの浮き輪を手に尋ねた。

「瞳～。浮き輪はいいんですか?」

「ちょっと持っててくれ。もう少ししたら使う」

「泳げるじゃないですか」

「うん。楽しい」

素直に答え、瞳はしばらく泳ぎを楽しんでいた。それから仁に持たせていた浮き輪に入り込み、海に浮かぶ。

「何年も泳いでなくても忘れてないもんだな」

「元々泳げるんですから、泳げなくなったりはしないでしょう」

「お前も練習したら？」

「無理です。瞳も気づいていると思いますが、俺は運動音痴というやつです。見栄を張って危険な目に遭うような真似はしません」

開き直ってみせる仁は真面目な顔で、思わず笑ってしまう。泳ぐのも楽しいけれど、浮き輪で海に浮かんでいるのも最高だ。ふわふわと漂い、青い空を見上げる。こんなに近くに、こんな楽しいことがあったのに、この六年、一度も足を向けなかった。

日曜は休みだったし、自転車でちょっと足を延ばすだけだったのに。どうしてかな…と考えると、自分を不要に律していたのかもしれないと思った。仕事があるから。仕事に支障を来してはいけないから。自分が働かなければ立ちゆかないのだから。

思えば、自分は何かを楽しむことを避けていた。ぼんやり振り返っていると、「兄ちゃん！」と呼ぶ声がする。

「…？」

どこからか聞こえた薫の声に驚き、あたりを見回すとばしゃばしゃと水しぶきを上げて泳いでくる姿があった。ゴーグルをはめ、すごい勢いのクロールで近づいてきた薫は混み合った海水浴場で出会えた偶然を喜んでから、意外な誘いを向けた。

「ボート乗らない？」

「ボート？」

「うん。ゴム製の手漕ぎボートなんだけど、友達が持ってきててさ。あっちの…飛び込み台まで行って、飛び込まない？」

「いい」

飛び込み台というのは、海水浴場の少し沖合に設《しつら》えられた見晴らし台のことで、そこから海へ飛び込めるようになっている。近辺の子供たちにとっては度胸試しの場所で、瞳も子供の頃は何度も飛び込んだものだが、大人になってまでやりたいことではないだが。

「いいですね。ボート」

驚くことに仁がボートに興味を示し、乗ってみたいと言い出した。

「お前、ボートなんか乗れるの？」

「初めてですが、やってみたいです」

「大丈夫かよ。運動音痴のくせに」

「運動神経は関係ない気がします。瞳も一緒にやりましょう」

やる気満々の仁は熱心に誘ってきたが、気が向かなくて、瞳は海の家で待っていると告げた。

「俺は向こうにいるから、薫と行ってこいよ」

「渚のとこ？　じゃ、俺が仁くんを送っていくよ。迷うといけないから」

「行ってきます、瞳」

真剣な表情で薫に浮き輪を引っ張ってもらい、去っていく仁を苦笑して見送り、瞳は渚の働く海の家へ戻った。泳ぐこともできない仁がボートを漕げるのか不安はあったが、スポーツ万能の薫がついている。浮き輪も持っているし、ボートから落ちたとしてもなんとかなるだろうと考えた。

オーナーから勧められた休憩場所にはテーブルと二脚の椅子が置かれていた。小屋の庇《ひさし》の下だから太陽も凌《しの》げる。いい場所を貸してもらえて助かったと思いつつ、椅子の上に置いていたタオルで身体をざっと拭《ふ》いた。

椅子に座り、ペットボトルのお茶を飲みながら、仁と薫が乗るボートはどこにいるかと探す。飛び込み台を目印に付近を探すのだけど、ボートは見当たらない。どこかで転覆でもしてるんじゃないかと心配になりかけた時だ。

「……」

隣の椅子に誰かがすっと腰を下ろした。一応、場所取り用にタオルを置いていたので、その上に座られた瞳は、ちょっとむっとして「すみません」と話しかける。

「そこは人が来る予定なので…」

別の席へ行ってもらえないかと言いかけたものの、相手の姿を目にして言葉が続けられなくなる。白いパナマ帽を目深に被り、ティアドロップ型のサングラスをかけている男性は、四十代から五十代ほどで、日本人ではなかった。はっきりとした記憶はないし、今もその容貌《ようぼう》が全部見えているわけじゃないけれど、それが誰なのか瞳はすぐに察知できた。

こんな怪しげな雰囲気を持つ人間は、自分の人生には縁がないけれど、一人だけ心当たりがある。それは…。

「………」

まさかという思いや、ポールの忠告や、昔の記憶や…様々な思いが一気に吹き出し、混乱に陥った瞳に、男性は独り言のように話しかける。

「なんでボートなんかに乗ろうと思うんだろうね」

「……あ…の…」

「自分の能力を把握しているだろうに」

まるで会話の途中だったみたいに、ごく普通に話しかけてくるのが、すでに理解できなかった。いや、それよりも。めちゃめちゃ滑らかな日本語である。おかしい…と瞳のパニックに拍車がかかる。

もしも…この人が自分の知っている人物であれば、日本語は話せないはずだ。では、別人なのか。話しかけられた内容もそっちのけで考え込む瞳に、男性は手にしていた缶ビールを一口飲んでから「君が？」と問いかけた。

何が？　と問い返したい気分で、瞳は目を見開いて男性を見る。あまりにも平然と…まるで一緒に出かけてきたみたいに話しかけてくるのも信じられない。返事をしない瞳が訝しげに顔を顰めているのに気づいた男性は、海を見ていた視線を瞳へ移し、ビールをテーブルの上へ置いた。

ひょいと指先でサングラスをずらすと、帽子のつばとの間に青い瞳が見える。その目にはやはり見覚えがあり、心臓が激しく鼓動し始める。やっぱり、この人は。

「君は…あの仁がボートに乗れると思っているの？」

「……………」

そうじゃない。今、この時点での話題はそれじゃない。勢いよく突っ込みそうになったのを耐え、瞳は深呼吸する。話すのは初めてだが、相手の正体も察しがついたし、以前にも何度か顔を合わせている相手だ。心を落ち着かせ、まず、確認する。

「仁の……おじさんですよね？」

「おじさんという呼ばれ方は心外だな」

仁のおじさん…つまり、父親だろうと確かめる瞳に、彼はサングラスを戻して肩を竦める。否定しないということはビンゴなのだ。ポールが危惧《きぐ》していたことが当たったのだとわかり、瞳は背中がすっと寒くなるように感じる。

ポールはもしも仁の父親が接触してくることがあれば連絡してくれるようにと言った。生死の確認は取れていないけれど、もしも生きていたら、父親は仁によくない影響を与えるからとも。仁自身、父親は死にましたと言いながら、たぶんというようなニュアンスをつけ加えていた。

誰もがその死を確認できないでいた父親がこうしてここにいるということは……やはり死んでいなかったのだ。

「どうしてここに?」

生死のほどもわからなかった仁の父親が自分の前に突然現れたのはなぜか。さっきまでの仁の様子や、彼の口振りからも、仁自身にはまだ会ってないように思える。疑問は山ほどあるが、まず、ここに…自分の前に現れた理由を聞いた瞳に答えず、彼はビールを飲む。

「君とは何度か会ったが、自己紹介をしてなかったね。ジョナサンだ」

「……? エドワードなんじゃ?」

仁から父親の名を聞いたことはないが、ポールが口にしていたのは「エドワード」という名前だった。不思議に思い、尋ね返した瞳に父親は渋い表情になって鷹揚《おうよう》に頷く。

「ああ…そうか。眼鏡《めがね》が余計なことを言ってるんだな。…じゃ、エドワードで」

「……」

じゃ、というのはなんなのか。自分の名前なのに間違えたというのだろうか？　それとも…自分に対して偽名…エドワードというのが本名かどうかもわからないが…を使うつもりだったのだとすれば、ふざけた話だ。

不審げな表情を深めて見る瞳に、仁の父親…エドワードは笑ってビールを飲み干す。

「そんな怒った顔をしなくても」

「おじさんがふざけているからです」

「おじさんとは呼ばれたくないよ。エドでいい」

「呼び方はどうでもいいです。おじさんはどうしてここにいるんですか？」

しつこく「おじさん」と呼ぶ瞳にエドワードは諦めたように肩を竦めた。それからテーブルに肘《ひじ》をつき、海を眺める。さっきもボート云々と口にしていたが、あれは仁のことで、ここからボートが見えるのだろうかと、瞳はエドワードの視線の先を追い、仁の姿を探した。

しかし、海には大勢の海水浴客がいるし、飛び込み台は遠く離れている上に周辺にいくつか同じようなボートが近づきつつあるせいもあり、判別がつかない。目を凝らす瞳にエドワードはさらりと尋ねる。

「見えるの？」

「……おじさんが見てたから、見えるんじゃないかと思ったんです」

「眼鏡に何を聞いたの？」

「……」

人をからかっているみたいに話題をころころ変えるのは聞かれたくないことが山ほどあるせいなのか。それとも、こういう性格だからなのか。六年前。仁が隣に現れた時、何度か見かけた父親は英語しか話せない様子で直接はコミュニケーションが取れなかった。

仁が本気で父親を嫌っているのも、すべてがこの調子であるとするなら、納得できないでもない。妙な感心をしつつ、エドワードが言う「眼鏡」について考えた。おそらく、話の流れ的にいってポールのことだろう。ポールは眼鏡をかけている。二人は知り合いなのだろうか。考え込んでいる瞳が答えそうにないと判断したのか、彼は独り言を呟く。

「参ったな。あいつ、厄介なんだよね」

「…おじさんは…ポールさんを知ってるんですか？」

「ポール、ね。知ってるよ」

にやりと笑みを浮かべ、繰り返す様子はどこか怪しい。エドワードの前では余計なことは口にしない方が賢明だと感じ、答えを得られていない問いを繰り返した。

「それより、俺の質問に答えてください。おじさんはどうしてここに…」

「死んだはずなのに？」

そこまでは口にする気はなかったけれど、実際、そう思っていたのは事実で、思わず面食らう。驚いた表情になる瞳を笑い、エドワードは頬杖《ほおづえ》をついて相談を持ちかけた。

「君に頼みがあるんだ」

「…頼み？」

「俺が仁と会えるように取りはからって欲しい」

決めつけるのは悪いと思いつつも、ろくでもない内容な気はしていた。案の定、エドワードから持ちかけられた頼みは到底頷けるものではなかった。少し話しただけでもとても真っ当には思えないこの父親に、仁を会わせたくないというポールの意見には納得できたし、そもそも仁自身が拒絶するだろう。

「…おじさんがどう思ってるのか知りませんが、仁はおじさんのこと…」

「大嫌いだよねえ。知ってるよ」

にやりと笑って頷くエドワードはどこまで本気なのか、まったく読めない。話すほどに仁が嫌う理由が身をもって納得できる。

「だったら…」

「それでも俺の方は会いたいんだよね」

「仁を…利用するためにですか？」

「やだな。やっぱり眼鏡にろくでもないことを吹き込まれてるね」

「違います。仁本人です」

毅然《きぜん》とした態度の瞳に言い切られ、エドワードは少し困ったような様子になった。瞳をどうやって説得しようか悩んでいる。そんな様子が見て取れ、瞳は厳しい表情で無理だと重ねて伝える。

「仁は本気でおじさんのことを嫌ってますから。たとえ会ったところで口もきかないと思います。それに…おじさんがまた仁を利用しようとしているなら、俺は絶対に会わせたくありません」

「利用してるのは俺じゃなくて、眼鏡たちの方だろう」

「俺にはよくわかりませんが、おじさんが原因を作ったんじゃないんですか？」

瞳の指摘はビンゴでもあったようで、エドワードは神妙な顔つきで口を閉じる。エドワードが父親として純粋な気持ちで息子に会いたいと考えているならともかく、仁を利用するために会おうとしているのなら、なんとか阻止しなくてはいけない。

瞳は肩で息をつき、仁が戻ってくる前に説得しようと口を開く。

「とにかく…おじさんだってわかってるんですよね？　仁に冷たい態度を取られることは。だから俺の前に…」

「それもあるけどね。あいつらが関わってるから…特に、眼鏡は厄介なんだ。まあ、今は帰国してるみたいだけど…仁の協力なしには近づけないんだよな」

「どういう意味ですか？」

「知りたい？」

にやりと笑って聞き返してくるエドワードにイエスと言えば交換条件を出されるような気がした。すぐに唇を引き結び、真面目な顔で見返す瞳に、エドワードは面白くなさそうに溜め息をつく。

「君は妙に頭の回転が速くてつまらないな」

「つまらなくて結構です」

「口振りからすると、君は眼鏡に好感を抱いているようだけど、俺なんかよりずっとひどい男だからね、あの眼鏡は。君の前では…そうそう、猫を被ってるんだよ」

「……………」

「何？」

「おじさん、本当に日本語ぺらぺらですよね」

猫を被ってる、なんて。慣用句まで使いこなせるのだから相当だ。思わず、感心してから、六年の間に勉強したのかと尋ねた。

「おじさん、前は日本語話せなかったじゃないですか」

「いや。話せたよ」

「え…でも…英語しか…」

「君はまだ子供だったから。子供は苦手なんだ。話したくない」

「……………」

話せたけど、話したくないからわざと英語しか使わなかったのか。真相が明らかになると共に唖然としてしまう。それこそ子供のような理由だ。

まったく、エドワードに関しては怪訝に思うことばかりだ。彼の発言に到底真実味はなく、ポールの方がひどい男だというのも信じられなかった。疑いの目で見る瞳に、エドワードは肩を竦めて続けた。

「仁は…自分が何をしているのか、君に話したかい？」

「……」

すっと表情を引き締め、唇を引き結んで見る瞳を、エドワードは唇を歪めて見返す。

「仁が何をしているのか…知りたいと思わないか？」

好奇心は…確かにある。けれど、知らないでいた方がいいという思いの方が強い。瞳は無言で首を横に振った。凛《りん》とした表情は意志の強さを物語っており、エドワードもそれ以上は何も言わなかった。

暑いねえ…と、独り言のように呟きながらエドワードが立ち上がる。帽子のつばを下げ、瞳ににっこりと笑みを向けた。

「気が変わったら教えてくれ」

「…どうやってですか？」

エドワードが今どこで暮らしているかも知らないし、連絡先などもわからない。携帯の番号でも残していくのかと思ったが、彼は「それもそうだね」と肩を竦めただけで、そのまま立ち去ってしまった。

背の高い後ろ姿はすぐに人混みに紛れ、見えなくなった。一体なんだったのか。夢みたいな気分でいた瞳は「兄ちゃん！」と呼ぶ声にはっとする。

エドワードが去っていったのと反対方向を振り返れば、薫と仁がやってくるのが見えた。あまりにもタイミングがよすぎて、エドワードは二人が来るのを察知したから姿を消したのではないかと思えてくる。

「楽しかったよ～。でも、仁くん全然漕げないんだ。乗ってるだけなんだぜ」

「そんなことありませんよ、薫。俺だってオールを動かしていました」

「動かしてるだけじゃん。意味ないもん。仁くんの動き」

案の定、仁がボートに乗るのは無理があったようで、薫は頬を膨らませて文句を言う。方向音痴の仁を案内してきただけの薫は、すぐに友達のもとへ戻っていった。

「お疲れ」

「瞳はずっとここにいたのですか？」

「うん。…何か食べるか？　お前が戻ってきたら食べようかと思って、待ってたんだ。せっかくだから、渚のバイト先に貢献しよう」

まだ軽食を求める人の列ができており、仁が並んで買ってくると言い、その最後尾に並んだ。その姿をちらりと見てから、飲みかけだったペットボトルのお茶を飲む。一口飲めば喉《のど》の渇きを思い出し、一息で飲み干してしまった。


仁が買ってきてくれた焼きそばとたこ焼きをつつきながら薫とボートに乗った話を聞いた。薫の友達たちが泳いで追いかけてきて転覆させられそうになって慌てたことや、飛び込み台へ上がり、浮き輪つきで飛び込んだことや。子供みたいな遊びを楽しんだと話す仁は嬉しそうで、聞いている方も楽しくなる。

「ひどいんです。薫も薫の友達も。自分のタイミングで飛び降りたいのに背中を押すんですよ」

「お前がぐずぐずしてたからだろう」

「だって、あの飛び込み台、すごく高いんです。瞳は飛び込んだことは？」

「あるよ。子供の頃はよくやった。端っこから思いきり走って飛んで、どれだけ遠くに飛び込めるかとか、競争した」

「そんな恐ろしい真似を瞳が…？」

信じられないというように首を振り、仁は焼きそばを食べる。紅生姜と青のりがたくさん載った焼きそばは屋台の味にも似ていて郷愁を誘う。瞳も自分の焼きそばを食べてしまうと、新しいペットボトルを開けてお茶を飲んだ。

「さて。どうする？　まだ泳ぐか？」

「そうですね。せっかく来たのでもう一泳ぎしてから帰りましょうか」

仁の提案に頷き、食事の後片づけをしてから浮き輪を手に海へ向かった。波に揺られ、ぼんやり浮かんでいるだけで時間を忘れて楽しめる。けれど、隣にいる仁を見ると、ふいに現れたエドワードのことが思い出され、複雑な気分になった。

「瞳？」

「……え？」

「どうかしましたか？」

つい、仁をじっと見つめてしまっていたのに気づいてなくて、瞳は慌てて詫び、ぼんやりしていたのだと言い訳する。エドワードからは仁と会えるようにとりなして欲しいと言われたが、頼みを聞くつもりはまったくなかった。ポールの言う通り、エドワードの存在は仁を困らせるだけだと思っている。

ごまかすみたいに空を見上げ、浮き輪に頭を預けて呟いた。

「こんなふうに浮かんでると眠くなるな」

「そうですねえ。リラックスってこういうことを言うんでしょうね」

「お前も海に入るの、久しぶり？」

「ええ。瞳とここへ来たのが最後です」

「……」

自分と同じように仁の六年も厳しいものだったのかもしれない。六年ぶりに現れた時、約束させられた仕事を必死でこなしてきたと言っていた。自分のもとへ戻ってくるために。こうして二人で海に浮いていると、六年という年月をスキップしたかのような錯覚がする。

今度は…ずっと、ずっと仁といられるのだろうか？　エドワードの出現は瞳の心に影を落としていて、つい、口数も少なくなる。楽しいはずなのに、心ここにあらずといった雰囲気の瞳を気遣った仁が「帰りましょうか」と持ちかけた。

「浮かんでいるだけでも結構疲れるものです」

「…そうだな」

仁の言葉に頷き、二人で海を出ると荷物を取りに渚が働く海の家へ戻った。置いていたタオルや飲み物などが入った鞄《かばん》を引き上げ、親切にしてくれたオーナーに挨拶しようとしたのだが、その姿はなかった。渚も相変わらず忙しく働いており、声をかけるのも躊躇われたので、そのまま失礼した。

自転車で風を切り、走っているうちに水着も乾いてしまう。家に着き、交代でシャワーを浴びて着替えを済ませると、午後四時近くになっていた。夏の夕方は明るくて、時間の感覚が鈍くなる。

「もうこんな時間か。晩飯の支度でもするか」

仁に洗濯物を任せ、瞳は台所に立つ。昼は焼きそばだけで軽く済ませてしまったから、夜は天ぷらにする。仁の畑で獲れた野菜を中心に、揚げるのは薫が帰ってきたら任せようと思い、下ごしらえをしていった。

五時を過ぎた頃、一階から「ただいま～」という薫の声が聞こえてきた。水着のまま帰ってきているだろうから、二階へ上がる前に風呂へ行けと注意しに下りる。

「先に風呂入って着替えろ。水着は風呂場で潮を落としてから洗濯機に入れろよ」

「了解。渚は？　まだ？」

「ああ。お前、帰ってくる時に覗かなかったのか？」

「離れたところで遊んでてさ。そのまま帰ってきちゃったから」

昨夜も六時くらいには戻ってきたから、そろそろ帰ってくるだろう。風呂を出たら天ぷらを揚げるのを手伝えと言い残して、瞳は二階へ戻る。夕飯の献立は天ぷらにそうめん。トマトやきゅうりのサラダもある。

天ぷらと聞き、シャワーを急いで浴びて上がってきた薫は、瞳が用意していたタネを見て、案の定嘆きの声をあげた。

「兄ちゃん、野菜しかないじゃん！　タンパク質は？　タンパク質はどこに？」

「豚コマと紅生姜をかき揚げにしようと思ってる」

「それだけ？　海老ちゃんは？」

「あるか！」

「あーあ。この前の海老の天ぷら、美味しかったなあ。兄ちゃんも仁くんに買ってもらってよ。仁くんの使い方、間違ってるよ」

「あのなあ…」

ふざけた発言をする薫を説教しかけると、自分の名前を聞きつけた仁が現れる。余計な話をすれば本気で海老を買いかねない仁だから、瞳は邪険に「なんでもない」と追いやった。

「お前は油で揚げてあればなんでもいいんだろ。文句言わずにさっさと揚げろ！」

「やだなあ。兄ちゃんは乱暴で」

「どこが？」

唇を尖らせる薫を手足として使い、さくさく天ぷらを揚げていく。山盛りになるほど天ぷらを揚げているうちに六時を過ぎたが、渚が帰ってくる気配はなかった。用意されていた夕ネをすべて揚げてしまうと、薫が腹が減ったと訴え始める。

「先に食べようよ。渚はそのうち帰ってくるって」

「そうだな。せっかくの天ぷらが冷めてももったいない」

食卓に四人分の食器を用意し、先に三人で席に着く。いただきますと手を合わせ、天ぷらやそうめんを食べかけてすぐに、家の電話が鳴り始めた。

「…誰だ？」

日曜の夕方に自宅の電話が鳴るのは珍しい。ただ、携帯電話を誰も持っていないので、渚や薫宛の電話は多い。席を立ち、居間の電話を取った瞳は「穂波さんですか？」と確認してくる声にどきりとした。

「はい。そうですけれど…」

尋ねてきたのは男性の声で、緊張しているように感じられた。セールスの類ではないという直感は当たっていて、相手は続けて聞き覚えのある名を口にする。

『あの、昼間にお会いした…渚くんにバイトをしてもらってる、瀬上です』

「あ…ああ。お世話になってます」

海水浴場で挨拶した海の家のオーナーを思い出しながら瞳は返したものの、内心では緊張が高まっていくのを感じていた。渚はまだ帰ってきていない。なのに、オーナーが電話してきたのは…。

『実は…渚くんが倒れてしまいまして…』

「…！」

嫌な予感が当たったのをやっぱりと思うのと同時に、息が苦しくなるような感覚を覚える。それでもしっかりしなきゃいけないという意識の方が強く、瞳は冷静に何が起きたのか尋ねた。

「倒れたって…どういう状況なんでしょうか？」

『片づけをしてる最中に突然、蹲《うずくま》って動けなくなりまして。病院に連れてきて診《み》てもらったら、どうも脱水症状のようです。今、点滴をしてるんですが…できれば迎えに…』

「もちろんです。すぐに行きます。ご迷惑をかけて本当に申し訳ありません。病院はどこの…」

恐縮するように言うオーナーに逆に謝り、処置を受けている病院名を聞いた。奇しくも、渚がいる病院は両親が勤めていた先であり、場所はわかるのですぐに向かうと告げて電話を切る。はあ…と溜め息をついた瞳は、間近に仁と薫がやってきていたのに気づき、驚いて声をあげた。

「っ…びっくりした…！」

「倒れたって…渚？」

「何があったんですか？」

瞳の緊張した様子と電話の内容を聞いて、薫も仁もおおよそのところを察しているらしく、表情は固い。命に関わるような事態ではない。瞳は苦笑して、電話で聞いた状況を伝えた。

「渚が脱水症状で倒れたらしい。今、病院で点滴打ってるっていうから、迎えに行ってくる」

「俺も行きます」

「俺も！」

三人揃って行くほどのことではないが、二人の真剣な顔を見たら残していくのも可哀相に思えた。かつて両親が勤めていた病院までは車で三十分ほどかかる。瞳は電話でタクシーを呼んでから、仁に戸締まりを命じ、薫と共に途中だった食事の用意を片づけた。

間もなくしてやってきたタクシーに三人で乗り込み、病院を目指した。渚は大丈夫かなあと心配げに呟く薫に、瞳は敢えてぶっきらぼうに答える。

「どうせ頑張りすぎて倒れたんだ。休憩も取らずに働いてたんだろ。頑張りすぎるのも周囲の迷惑になるってわかったんじゃないのか」

「忙しそうでしたからねえ」

瞳と仁が帰る際も渚は脇目もふらずに立ち働いていた。よく働くのはいいことだが、後先を考えなくてはいけない。初めてのバイトでいい経験になっただろうと言いながら、車窓から外を眺める。六時を過ぎ、間もなく日の入りを迎える空は少しずつ暗くなり始めているようだが、まだまだ明るい。

「でもお父さんたちが働いてた病院に運ばれるなんてね。市民病院の方が近いのに」

「救急がいっぱいだったとか、理由があるんだろ」

病院名を聞いて両親が勤務していた病院だと、薫がすぐに思い出したのを瞳は内心で驚いていた。両親が亡くなった当時、薫はまだ小学校の低学年と幼かった。それでも十分に記憶のある年齢だったのだ。

高三だった瞳はそれまでの間に何度も病院を訪れていたし、しっかり覚えている。両親が亡くなった後は一度だけ挨拶に行ったが、それ以後は足を向けていなかった。あれから六年。まだ自分の顔を覚えている人がいるかもしれないと覚悟する。

病院名の書かれた看板が見えてきて間もなく、タクシーは左折し、病院の正面玄関前で停まった。代金を支払って車を降り、案内に従って救急の出入り口を探す。すぐに見つかったそれから建物内へ入り、受付で事情を話して渚のいる場所を聞いた。

渚はまだ処置中とのことで、救急処置室を訪ねて欲しいと言われた。場所を聞き、廊下の角を曲がったところで、壁を背にして立つオーナーの姿が見えた。

「ご迷惑をおかけして申し訳ありません」

「こちらこそ、すみませんでした。ちゃんと休憩するように声をかけてればよかったんですが、なにぶん今日は忙しくて…。個人に任せておりましたもんで」

「初めてのバイトで張りきりすぎたんだと思います。お世話をおかけしてすみませんでした」

互いに詫びながら処置室へ入ると、何台か並んだ端のベッドに神妙な顔つきで寝ている渚がいた。オーナーや瞳たちの姿を見て起き上がろうとするのを、眉をひそめて「バカ」と制する。

「まだ終わってないだろ。寝てろ」

「兄ちゃん…。ごめんなさい…」

「謝るのは俺にじゃなくて、オーナーさんにだ」

「いいえいえ、お兄さん。悪いのはこっちの方で…渚くんはよくやってくれましたから」

「いいえ。働かせていただいてるのに、体調管理もできないでこんな迷惑をかけるなんて、ありえません」

申し訳ありません…と深く頭を下げ、渚には体調が回復したら詫びさせると告げた。オーナーは恐縮しつつも、後を任せてもいいかと聞く。片づけの途中で来てしまったので…と言うオーナーに、瞳はまたしても深々と頭を下げた。

「本当にすみません。ご迷惑をおかけしました」

硬い顔つきで詫びる瞳に、店主は苦笑を浮かべつつ、渚に軽い感じで声をかけて帰っていく。家族だけになると、瞳はすっと目を眇め、渚の頭をげんこつで殴った。

「いった…！　兄ちゃん、何すんの？」

「兄ちゃん、渚、病人だから！」

「瞳、暴力はいけません」

「何が病人だ！　どうせ朝から飲まず食わずで働いてたんだろ？　自分が役に立つって過信があるからこんなことになるんだ。手伝いに行って、世話をかける奴がどこにいる？」

「……ごめんなさい……」

瞳の正論に渚は哀しそうに顔を曇らせる。しゅんとした表情に瞳は大きく息を吐き、「それで」と聞く。

「一体、どうしたんだ？　脱水症状だって聞いたけど」

「…片づけしてたら急に目の前が真っ暗になってさ。立ってられなくなって…ポカリ飲んだら大分よくなったんだけど、オーナーが心配して病院に連れてこられて…。…で、診てもらったら脱水症状だからって点滴されちゃって。もう大丈夫なんだけど……。……ていうか…」

「ていうか？」

「腹減った」

ぼそりと渚がこぼした本音を聞いた瞳は、もう一発殴ろうとげんこつを固める。暴挙を止めるため、その腕を仁が握り、薫が渚をブロックする。ふざけるなと瞳が憤慨しているところへ、足音が近づいてきた。

「穂波さん、どうですか？」

皆で振り返れば白い制服姿の看護師がいた。さっきと同じように迷惑をかけてすみませんでした…と神妙に詫びる瞳に、看護師は苦笑して渚の枕元《まくらもと》へ近づく。

「暑いところでのアルバイトは気をつけないといけないよ。水分補給はまめにね」

「はい。身に染みてわかりました」

「もうすぐ点滴終わるから…先生に来てもらうように言っておくね。先生がいいって言ったら帰れます」

会計で精算してお帰りください…とつけ加え、看護師は忙しそうに立ち去った。その後、入れ替わるようにして白衣姿の医師が入ってくる。まだ若い男性医師はベッドの脇に立っている瞳を見た途端、「あ！」と声をあげた。

「やっぱり！　穂波の弟か！」

「……？」

一瞬、誰に何を言われているかわからず、瞳はきょとんとした表情で医師を見返した。どうも自分を知っている様子だが、父の知り合いにしては若い。両親の働いていた病院なので、どこで知り合いに会ってもおかしくないと思っていたが、声をかけてきた相手に見覚えはなかった。

それに、「穂波の弟」というのは…どういう意味かと考える瞳に、つかつかと歩み寄った医師は「俺だよ」と言って笑みを浮かべる。

「花村《はなむら》だよ。高校の同級生の」

「…あ！」

名前と高校の同級生と聞いてすぐに思い出した。記憶にある花村は眼鏡をかけていたのだが、今はコンタクトにしているせいで別人のように見えていた。花村とは同じクラスになったことはなかったが、お互いが医学部を目指していた縁で情報交換をしたり、模試を受けに行った際、一緒に昼を食べたりした覚えがある。

「穂波って名前、珍しいからさ。もしかして親類かなと思ってたんだけど、弟だったのか」

「びっくりした…。そうか…お前、もう卒業して…」

「そうなんだ。春になんとか国試受かって、四月からここに勤めてる。まだ新米なんだけど」

「えっ。先生、ぺーぺーなの？」

診てもらった渚が不審げな声をあげるのを聞き、瞳はきっと睨みつける。不安を覚えるのは仕方のない話だが、素人《しろうと》が見ても元気そうなのだから新米医師でも十分だ。

「そんな不安な顔しないでくれよ。安心してくれ。先輩に意見も聞いたし、救急のベテラン看護師さんたちにもご意見は伺っている。君は軽度の熱中症による脱水症状で間違いない。ということで、点滴終わったら帰ってもいいから」

「ありがとう。世話かけてすまなかった」

「とんでもない。元気になってよかったよ」

じゃ…と明るく挨拶し、花村は忙しそうに去っていった。思いがけない再会に動揺するよりも、信じられないような気持ちが大きくて、瞳はぼんやりしてしまった。その間に点滴が終わり、看護師が処置に来る。腕から針を抜いてもらった渚がベッドから起き上がるのを見て、仁が瞳に声をかけた。

「瞳。向こうでお金を払ってきますから、渚と薫とタクシー乗り場に行っててください」

「…え……あ、いや。俺が払う」

ぼうっとしていたのに気づき、瞳は慌てて仁の手から計算書を奪い、処置室を出た。大きく息を吐き、廊下を歩き始めてすぐに仁が後から追いかけてくる。

「瞳、そっちじゃありません。こっちです」

「……」

しまったと思い振り返った先に難しい表情の仁がいて、瞳は苦笑した。何もかも読まれているのだと思い、無言で仁と共に会計へ向かう。日曜の夜、薄暗いロビイにぽつりと点る明かりの下へ計算書を出すと、「しばらくお待ちください」と機械的な口調で返された。

「…渚たちは？」

「タクシー乗り場の方で待ってるそうです」

そうか…と相槌を打ち、瞳は会計の前にあるベンチに腰かけた。その隣に腰かけた仁は様子を窺うように無言でいた。彼の気持ちを察し、瞳は「大丈夫だ」と呟くように言う。

「ちょっと……驚いて…。心配かけてごめん」

「…瞳」

ショックを受けているのは事実だ。かなり大きなショックだったから隠しきれなくて、仁に…きっと渚や薫にも…伝わってしまった。事情を知っている皆はどうして動揺しているかもわかっているから、言い訳もできない。

六年前。両親の事故がなく、医学部に進学できていたら。自分も花村と同じように白衣を着て病院で働けていたのかもしれない。今さら、仕方のない想像だ。不毛だとわかっているのに、どうしてもそんな考えを消せなかった。

「…何してんだろうな…俺…」

「瞳……」

「あ…違うからな。今の自分がどうのって言うんじゃなくて、しょうもないことで衝撃を受けてる自分に呆れてるだけだから」

「しょうもなくなんか、ありませんよ」

「……」

仁がきっぱり否定したのが意外で、驚いて隣を見れば真剣な表情がある。次に何を言い出すのかは予想ができて、仁が口を開く前に瞳は先手を打った。

「お前の言いたいことはわかる」

「だったら…」

「……」

もういいんだ…と続けようとした時だ。「穂波さん」と呼ぶ声がした。会計からの呼び出しに返事をして立ち上がり、精算を済ませる。ありがとうございました…と礼を言い、踵を返せば、なんとも言えない顔つきの仁がすぐ側に立っていた。

「なんだよ、その顔。変だぞ」

「変でもバカでも、なんでもいいです」

「開き直るなよ」

むっとしたように言う仁に肩を竦め、瞳はタクシー乗り場を目指して歩き始める。大きなショックを受けたものの、仁と少し話しただけで自分を取り戻せていた。それも仁の方が自分よりも辛そうな…悔しそうな顔をしているからだ。

時間を巻き戻したい。そんな表情をしているからだ。

「…仁」

「なんですか?」

「ありがとな」

「お礼を言ってくれるくらいなら、俺の望みを叶えてください」

それはどうかなと首を捻っているうちに、タクシー乗り場が見えてきた。二人を待っていた渚と薫が手を上げ、タクシー乗り場なのにタクシーがいないよなんて告げてくる。電話しろ…と返しながら、もうすっかり元気そうな渚の様子を見てほっとする。

さて、皆で家に帰って、夕飯の仕切り直しだ。そうめんは伸びてしまって、天ぷらは冷めてしまっているけれど、皆で一緒に食べるご飯はどんなものでも美味しいに違いない。小さく笑みを浮かべ何気なく空を見上げると、暮れ始めた空が紫色に見えた。

もしも…なんて考えはよくないものだとわかっている。もしも、あの時。終わってしまった過去ばかりを見ていたって、一つもいいことはない。よくわかっていたから、それまで後ろを振り返るような真似は一切せずに来たのに、いろんなことが重なって、どうしてもしょうのない考えを捨てられなくなった。

「……」

まず、何がいけないって、以前と違って働きに行く場所がないことだ。月曜の午前中。ソファに寝そべって瞳はちっとも内容が頭に入ってこない本を開いたまま、いけない考えにはまってしまっている理由を挙げていた。

両親が亡くなった時、自分は医学部への進学を諦めるしかなかった。どう考えたって無理だった。迷う暇なんてなくて、渋澤製作所の社長がうちで働かないかと持ちかけてくれたのは本当にありがたかった。

それからの六年は振り返る余裕なんてなかった。弟たちは小さくて今よりもずっと世話が必要だったし、月曜から土曜までは働きに行かなくてはいけなかった。休みの日曜だって、家の掃除や洗濯などに費してあっという間に終わってしまった。

渋澤製作所がなくなってしまい次の勤め先も決まらない今は、あれ以来、初めて休みを取ったようなものだ。時間を持て余している時に、最悪な…と言うのは相手に対して失礼な気もするが…再会をしてしまった。

あれがなんでもない普通の同級生ならまだよかったのかもしれない。けれど、自分と同じ道を目指していた相手が夢を叶えた姿を目にしたのは、かなりのショックだった。六年間、花村は懸命に努力して医師になったのだろう。自分も一生懸命日々を送ってきたけれど…。

「……」

六年という月日の結果はまったく違う。働く先を失い、就活中の自分と、新米医師として走り始めた花村とでは…天と地の差がある。いや…比べるべきではない。だって、始点は同じだったとしても歩んできた道が全然違うのだから。

悶々《もんもん》と考え、ごろんと寝返りを打った瞳は、ふいに仁の顔が視界に入りどきりとして息を飲む。

「っ……。びっくりした…」

「なんで唸《うな》ってるんですか？」

「え？」

「うーん、うーんって唸ってましたよ。瞳」

「…………」

無意識のうちに声が出てしまっていたのに気づいていなかった瞳は恥ずかしくなって「なんでもない」と言ってもう一度寝返りを打つ。ソファの横に正座している仁に背を向け、本を読んでいる振りをしたが、仁が動く気配はない。

何か話しかけてくる様子もなくて、時間だけが経っていく。根負けしたのは瞳の方だった。

「……なんだよ？」

ちらりと背後に目をやり、用があるのかと聞く。仁は真面目な顔をしていて、嫌な予感を抱いて視線を外した。

「しつこいぞ」

「まだ何も言ってません」

「言おうとしてただろ？」

「してません」

否定する仁に「嘘つけ」と悪態づいて背を丸める。半ば八つ当たりだとわかっていても止められなくて、意地になっていく。けれど、よくない態度を取るほどに自分の中にもやもやが溜まっていくのが感じられて、息苦しかった。

何に怒っているわけでもないのに唇をへの字に曲げて、仁に背を向け続けていると、背後から気配が消える。いなくなってくれたのにほっとしつつも、どこか寂しいような気持ちを感じていた。

あーあ。自分自身に溜め息をついて、読んでいた本を閉じた瞳は、仁が何やらぱたぱたと動き回っているのに気づき振り返る。

「……？」

肩越しに見れば、テラスに続く窓を閉めて施錠している。夏だから家にいる限り、窓は開け放しておくと決めている。何をしてるのか聞こうとしたら、仁が近づいてきた。

「瞳。出かけましょう」

「は？　どこに？」

「いいから」

行きましょう…と誘う仁にはいつもとは違った強引さがあった。らしからぬ迫力もあって、瞳は逆らえずに起き上がる。本を置いたその手を取り、仁は瞳を一階へと連れていく。

「ちょっと、待てって。どこ行くのか、言えよ」

「お出掛けです」

「お出掛けって…」

「今日の瞳は家にいてもいいことはありません。こういう時はお出掛けするに限るんです」

「……」

根拠はないように感じたが、なぜだか説得力のある言葉だった。家にいてもいいことはない…というのが鬱々としていた瞳の心に響いたせいもある。そういうものかと納得し、仁と共に家を出た。

二人で自転車に跨り出発する。今日も気持ちよく晴れており、陽差しは痛いくらいだ。帽子を被ってくればよかったと後悔しつつ、隣を走る仁に「それで」と尋ねた。

「どこへ行くんだ？」

「…たぶん……覚えていると思うので、ついてきてください」

「怪しいな。方向音痴のお前が覚えてる場所があるのか？」

仁は極度の方向音痴で六年ぶりに瞳のもとへ帰ってくるのにも大変な苦労を要している。仁が隣家で暮らしていたのは一年足らずの間で、その間に行った場所で覚えている先は限られているだろう。

「まさか…渚たちが通ってた小学校とか？」

「違います」

それくらいしか思い当たる場所はなく、聞いてみたのだが、仁は首を横に振る。どこに行こうとしているのか、重ねて尋ねても答えはなく、本人もよくわかってないのかもしれないと思った。

それでも時間だけはたっぷりあるし、暑くても天気のいい日に自転車を漕ぐのは楽しい。

移り変わる景色を見ているだけでも気が紛れて…少なくとも堂々巡りの考えを続けなくてよくて、仁につき合おうと決めた。

たとえ道に迷って目的地に着けなかったとしてもいい。坂道を勢いよく下っていく自転車で風を切り、真剣な顔つきで道順を思い出しているらしい仁の横で歓声をあげた。

「気持ちいいなあ。仁、次は左か？　右か？」

「…海はどっちでしたっけ？」

「お前なあ。昨日も行ったじゃんか。右だよ、右」

呆れつつ教えると、「じゃ、右です」と仁が神妙な顔で答える。海へ行くつもりなのかと思いつつ従い、突き当たりの角を右に折れた。それからとっても怪しい仁の記憶に従い、ふらふらと自転車で旅をした。

これじゃ戻ることになるぞ、とか。家に帰るつもりか、とか。瞳の指摘を受けるたびに仁は自信なさげになっていったのだが、どこを目指しているのかは話さなかった。

そんな彼の行きたかった先は…。

「あっ‼　瞳、あれです！　あの店です！」

「え～？」

渋澤製作所やスーパーひよどりがあるのとは反対の方角へ、海岸線に沿って走り始めて三十分余り。仁が遠くを指さして声をあげる。海水浴場からもかなり離れた地域で、道路の脇は岩場となっている。

大きくカーブしている道の先にぽつんと水色の屋根の建物が見えた。看板らしきものが立っており、飲食店風の建物であるのがわかる。

「店?」

「はい。カフェです」

こんなところに建っているカフェをどうして仁が知っているのか。不思議に思って聞いてみたが、仁は答えない。とにかく行ってみましょうと速度を上げるのに合わせ、瞳もペダルを漕ぐ足に力をこめる。

近づいてみると看板には「マウラニ」という店名とカフェという文字があった。道路に面した店には車が五台ほど停められる駐車場があり、全部埋まっている。迷い迷い旅している間に十一時半を過ぎており、ランチタイムに差しかかっていた。

道路から一段高い場所に建てられた店にはテラス席もある。店へ入った仁は女性の店員にテラス席を希望した。空いていた端の席に案内され、椅子に座ると海からの風がすっと抜けていく。

「日除《ひよ》けがあるから涼しいな。それで、お前はどうしてこんな店を知ってるんだ?」

「その話の前に注文しましょう。せっかくですからランチをいただきましょう。瞳の料理には負けるでしょうが、結構、美味しいです」

　ということはやはり来たことがあるのだろう。不思議に思いつつ、二種類あるランチからシーフードのトマトパスタを選び、お冷やを置きに来た店員に注文する。仁はもう一種類のロコモコ丼を頼んだ。

「で？」

「……ここには…ママと一緒に何度か来たことがあるんです」

「ママって…うちの母さん？」

「はい」

　聞けばなるほどと納得できたが、そんな話を聞いた覚えはまったくなくて、瞳は首を傾げる。仁が両親と仲良くしていたのは確かだが、一緒に出かけていたとは知らなかった。

「じゃ、父さんも？」

「いえ。パパは忙しかったので…ほら。ママは夜勤とかがあるお仕事だったので、普通の日の昼間に家にいることもあったでしょう」

「ああ…そうだった」

「瞳も渚も薫も学校で…パパも仕事でいない時に、何度か誘われてついてきたんです。ここはママの息抜きの場所で……俺以外は誰も知らないのよって言ってました」

「……」

　確かに、自分は一度も連れてきてもらった覚えはない。クラシックなアメリカンスタイルのインテリアで統一された店内を眺める。落ち着いた雰囲気の、大人だけが集う静かな店。なるほどなあ…と納得できた。

「ママと俺の秘密の場所だったんです」

「そうなんだ」

仕事に子育てにと多忙な日々を送っていた母親が秘密の息抜きをしていたという話は、瞳の心に深く染み入った。仁だけ連れてきていたというのがちょっと悔しいような、羨《うらや》ましいような気持ちになって、海を眺める。

「母さん、海を見るのが好きだったからなあ」

「入るのは好きじゃないって言ってました」

「日焼けするのが嫌いだったんだよ。しみになるとか」

「ええ。ここでも帽子を被ってました」

「そうそう。夏になると変装してるみたいになるんだよな」

帽子に日傘にサングラスに手袋に。懐かしい姿を思い出して笑っていると、ランチが運ばれてくる。イカやタコや帆立などが入った贅沢なシーフードパスタは家では作れないものだ。渚や薫の食べる量は半端じゃないから、材料費だけで恐ろしい値段になってしまう。

「…美味い」

「瞳。こっちのも味見しませんか?」

仁と皿を交換してお互いの味を楽しんだりして美味しく味わった。食後のコーヒーはフレーバーつきのもので、甘い匂いがする。

「なんか贅沢だな。…本当はいつも以上に節約しなきゃいけないのになあ。駄目だな」

「俺が誘ったんですから、俺が出します」

「いいよ」

「いけません。瞳は意地を張るのをやめた方がいいです」

「何言ってんだよ。意地なんか…」

「張ってます」

きっぱり言い切られてむっとしたものの、当たっているところもあると思うと言い返せなくなった。意地か、それとも見栄か。どっちもなのかと思えば、また溜め息が漏れそうになる。

コーヒーを飲み終えて店を出ると、真っ青だった空に入道雲が生まれていた。真っ白なソフトクリームみたいな雲を眺めつつ、海岸線を走る。瞳はそのまま家へ帰るつもりだったのだが、海を眺めていこうと仁に誘われ、自転車を停めて防波堤へ上がった。

太陽が眩しく照りつけているせいで、コンクリートも熱くなっている。それでも海風が出てきているせいか、耐えきれないほどの暑さではなかった。防波堤に腰を下ろし、ぶらんと足を伸ばして寄せては引く波を見つめた。

海に浮かんでいた昨日も最高だと思ったけれど、見ているだけでも十分気持ちがいい。海は広くて、途方もない大きさで、何もかもがちっぽけに思えてくる。

「…ママともあの店へ行った帰りに、このあたりでよく海を見てたんです」

「そうなのか？」

並んで座った仁がぽつりと話すのを聞き、瞳は横を向く。海を見ている仁の横顔には小さな笑みが浮かんでいて、どこかおかしそうにも見えた。

「ママはいつもここで嫌なことを大声で叫ぶんですよ。それがストレス解消法だって言ってました」

「ストレス解消？」

「自分の中でもやもやしてる気持ちを言葉にして、しかも大声で叫ぶと消えるらしいんです」

仁の説明を聞き、瞳は心の中で「ああ」と呟いた。だから。ソファに寝そべってぐだぐだしていた自分を連れ出したのにはそういう理由があったのか。

母も同じようにぐだぐだしている時があったのだろう。子供たちにはそんな姿は見せなかったけれど、仁は見ていたのかもしれない。もやもやしてる気持ちを言葉にして。叫んだら消えるだろうか。

「瞳もどうですか？」

仁に勧められた瞳はしばし考え込む。そんな彼の前で仁は真面目な顔で耳を塞いでみせた。

「俺は聞いてませんから」

真剣に言ってるようだが、手で塞いだくらいだったら聞こえるに違いない。それでも、どうせ仁は自分の気持ちをわかっているだろうし、隠さなくてはいけない秘密でもない。吹っきるためにもいいのかもと思い、瞳は防波堤に立ち上がる。

自分のもやもや。考えてもしょうのないこと。どんなに振り返ったって、時間は元に戻らない。すうっと息を吸い、思いっきり大声で海に向かって叫ぶ。

「俺だって…俺だって！　父さんと母さんが生きてたら、医者になってたし！　でも、あの時はどうしようもなかったから！　諦めるしかなかったから！」

「今からでも遅くないですよ！」

「⁉」

俺は聞いてません…とか言って、耳を塞いでいたくせに、仁が叫び返してくるのに瞳は眉をひそめる。叱られるのをわかっているのか、仁は海の方を向いたままだ。それに倣い、瞳も海に向かって叫び返す。

「遅いって！　俺はもう二十四だし、同じ歳の花村はもう医者になってるし！」

「年齢なんか関係ありません！」

「金ないし！」

「俺が持ってます！」

「医学部って卒業するのに六年もかかるんだぞ⁉　その間にまたいなくなるかもしれないだろ！」

「いなくなりません‼」

海へ向けられていたはずの声がやけに近くに聞こえ、隣を見れば仁が自分を見ていた。真剣な顔で「ずっと瞳の側にいます！」と叫ぶ仁の前で、瞳は眉をひそめて口を噤《つぐ》む。

「……」

仁が宣言したからといって、「じゃ、よろしく」なんて簡単にはいかない問題だ。瞳は仁に背を向け、一人防波堤を下りて自転車に跨った。瞳！　と呼んでくる仁を無視し、走り始める。

ぐいぐいと力強くペダルを踏んで自転車を漕いだ。大声で叫んだもやもやは残念ながら消えなかった。それどころか、濃くなった気がする。六年前のあの時は諦めるしかなかったけれど、今は自分から諦めようとしているのがわかった気がする。

自分自身にうんざりするような気持ちを抱きつつ、瞳は自宅へ辿り着いた。振り返っても仁の姿はまだ見えない。仁は運動音痴の上に体力もある方ではない。追いつけなかったのは当然だが、もしかしたら自分を見失い、道に迷ってしまったのかもしれないという恐れを抱いた。

あまり遅いようだったら捜しに出るか。溜め息混じりでそう決めて、瞳は自転車をガレージに入れた。それから何気なくポストを見ると、留守の間に配達されていた郵便物が入っていた。いくつかの封筒の中に面接試験を受けた会社のものが紛れているのに気づき、緊張する。

「……」

来週中には返答をお送りしますと言われていたけれど、こんなに早く来るとは思っていなかった。嫌な予感が過《よ》ぎり、その場で封筒を破いて開けた。覚悟はしていたが、案の定、不採用の通知でどっと脱力する。

「……あー……」

やっぱりなという結果だし、どうしても勤めたい会社でもなかったのだから、前向きに気持ちを切り替えようと思うのにうまくいかない。どうしようもない暗澹《あんたん》たる気持ちが次々と湧き出してきて、何もかもが覆われていくように感じられる。

そこへ仁が帰ってきた。ひどい顔をしている自覚はあって、そんな自分を見られたくなくて、瞳は再び自転車に跨る。

「瞳⁉　どこへ行くんですか？」

「買い物！　お前は留守番してろ！」

仁と一緒にいたくなかった。心配してくれる。慰めてくれる。気遣ってくれる。そうわかっているからこそ一緒にいたくなくて、家を飛び出した瞳は再び山道を滑るようにして自転車で疾走した。


けれど、行く先はなくて、言い訳に使った通り、晩ご飯の買い物をしようと思い、スーパーひよどりを目指した。かごを手に特売品を見て回ったが、頭の中がぐるぐるしているせいか、献立が思いつかない。

「……」

何も食べたくないけれど、何か作らなきゃいけない。渚も薫もお腹を空かせて帰ってくる。二人が満足して、値段が安く済ませられるもの。就職は決まらなかったし、気を引き締めて節約しなきゃいけない。

また職安にも行かなくては。次の面接を受けなくては。ぼんやり考え事をしながら歩いていた瞳は周囲がまったく見えていなかった。だから。

「豆腐の前を通るのは三度目だよ」

「……」

斜め後ろから話しかけられ、瞳はどきりとして振り返る。その声はつい最近耳にしたばかりのもので、ぼうっとしていた意識をすぐに覚ましてくれる。

「…おじさん」

「おじさんはよせって言っただろ」

「どうして…ここに？」

「君はどうしてと聞くのが好きだな」

背後にいたのは仁の父親…エドワードだった。昨日と同じようなパナマ帽とサングラス姿だが、所狭しと商品が積まれた激安スーパーの店内では、その存在自体が異様でとても目立つ。帽子もサングラスも意味がないなと思いつつ、瞳は小さく息をついた。

そうだ。この問題もあるんだ。うんざり…というより、疲れきった気分になってしまい、何を言えばいいのかも思いつかず、買い物に戻った。

「何かあったのかい？」

「…別に」

「元気がないよ」

「こんなもんです」

豆腐売り場の前を抜け、精肉売り場へ向かう瞳の後についてエドワードも移動する。世間話をしてるみたいに普通に話しかけてくるエドワードに適当に返しながら、ずらりと並んだトレイを物色した。牛なんて手が届かないから、豚か鶏だ。豚でも安い細切れ肉あたりが穂波家では最も登板率が高い。豚コマで野菜炒め…野菜は仁の畑から取ってこさせて…と考えていると、エドワードの声が聞こえる。

「医者になりたいの？」

「……」

唐突な問いかけだったが、瞳には十分伝わる内容で、驚いた顔で振り返る。色の濃いサングラスに覆われた顔は表情があまりわからなかったが、口元は笑っていた。

どうして知っているのか。六年前、仁が隣で暮らしていた頃、エドワードもあの家にいたことがあるから、仁に医学部を目指していると聞いたのだろうか。だが、あれから六年経っており、現在形で聞いてくるのはおかしく思えた。

訝しげに見る瞳に、エドワードは悪びれた様子もなく肩を竦めて言う。

「叫んでただろう」

「……聞いてたんですか？」

海に向かって自分の中にあるもやもやを大声で叫んでから一時間も経っていない。あたりに人気《ひとけ》はなかったが、どこかに隠れていて聞いていたのか。眉をひそめて聞き返す瞳に、エドワードは答えずに問いを重ねた。

「けど、金がない？」

「おじさんには関係のない話です」

「貸そうか？」

気軽な感じで言われ、瞳は眉間《みけん》の皺《しわ》を深くして顔を背けた。まるで百円、二百円を貸し借りするみたいな気軽さが腹が立つ。援助を申し出てくれる仁やポールにも戸惑いを覚えるけれど、エドワードの態度は鼻についた。

その上、すぐに「冗談だよ」なんて撤回するから余計だ。

「からかってるんですか？」

「金なんて、仁ならいくらでも持ってるだろう。遠慮なんてしなくていいのに。君は仁にとって世界で一番大切な人だ」

「……」

遠慮なんてしていない…と言い返そうとしたが、堂々巡りになる気がして口を開かなかった。エドワードの相手よりも今は夕飯の献立を考える方が先だ。改めて豚肉のコーナーを見ると、目に入っていなかった挽肉に特売のシールが貼られていた。

グラム単価を見れば確かに安い。普段、豚の挽肉が安くてもある理由で躊躇してしまうメニューがある。それは餃子《ぎょうざ》だ。渚と薫が食べる量は半端じゃない。永遠に包んでいなくてはいけなくて、時間がないからと却下してきたが、今の自分には暇がある。

よし、今日は餃子にしよう。そう決めて、挽肉のパックをかごに入れる。消費期限が近づいて値引きされた皮があったので、ラッキーだと喜ぶ。五十枚入りのパックを三つ。百五十個作れば、さすがに足りるだろう。

「餃子？」

「おじさんの分はありませんよ。俺は仁におじさんを会わせたくないんです」

「俺が仁を連れ去ると思っているから？」

「……」

仁はエドワードを心底嫌っていて、死んでせいせいしていると思っている様子だ。けれど、もしもエドワードがこうして生きていると知ったら…どうなのだろう。エドワードを憎んでいるといっても実の父親なのだから、やはり情があるのではないか。

仁の優しさを知っているだけに、不安になる。

「…失礼します」

エドワードと話すことはない。そもそも気が変わったら連絡をくれなんて言い残して去っていったのに、昨日の今日で現れるなんてどうかしている。瞳は冷たく言い放ち、肉売り場から野菜売り場へと移動した。

にらやキャベツを買い込み、他にも必要な食材を値段を吟味してかごに入れ、レジへ向かう。エドワードはいつの間にか姿を消していて、ほっとしつつ支払いを済ませたが、何気なく見た窓の向こうが土砂降りであるのに気づいて愕然《がくぜん》とした。

入道雲が出ているなと思っていたけれど、崩れるような気配はなかった。そんなに長い間、スーパーの中をぐるぐるしていたのかと、自分に呆れてしまう。買い物した食材を入れたエコバッグを手に外へ出た瞳は、屋根のある駐輪場で途方に暮れた。

「参ったな」

「ひどい降りだね」

「…！」

自転車の前かごに荷物を入れ、溜め息混じりに呟いた時、またしても後ろから声がした。反射的に振り向けばエドワードがいて、つい険相になる。

「しばらくやみそうにないだろ。どう？ あっちで座って飲まない？」

手にした缶コーヒーを掲げ、エドワードは近くに置かれているベンチに座って瞳を誘う。気は進まなかったが、確かに雨がやむ気配はない。荷物は自転車に乗せたまま、エドワードとともにベンチに座った。

はい…と手渡された缶コーヒーを受け取り、礼を言う。

「…ありがとうございます」

「礼を言わなきゃいけないのはこっちだよ。眼鏡に俺が現れたら連絡しろって言われてるのに、してないんじゃない？」

「……」

エドワードの言う通りだったが、瞳は頷くことなく、視線だけを隣へ向けた。サングラスをかけたままの横顔は降り続く雨を見ている。

アメリカへ帰る際、ポールは仁の父親が仁に接触するようなことがあれば連絡が欲しいと言い、連絡先を残していった。昨日、海水浴場に現れたエドワードから仁に会えるよう手筈《てはず》をつけて欲しいと言われたことをポールに報告した方がいいのか、悩むところもあったのだが、正確には仁本人に接触したわけではないからと思いとどまった。

というのも、実のところ、エドワードに対する不信感めいたものを、ポールにも感じているからだ。仁はエドワードほどに嫌っていなくても、ポールたちの存在を好ましく思っていない。

それは…。

「助かるよ。眼鏡に連絡されてたら、こんなふうに会えなかった」

「…おじさんが仁に直接会えないのは…ポールさんたちが見張っているからですか？」

「仁には監視システムがついててね。厄介なんだ」

監視システムと聞いて、隣家で暮らしているポールを訪ねた時の違和感を思い出す。どこかで見られてでもいるかのように、行動を先読みされていた。それと同じく、ポールが仁の行動を詳細に把握している様子なのもわかっている。

それが普通ではないと思いながらも、深く考えようとしなかったのは、知りたくないという思いが強かったせいだ。ポールの正体も、仁が何をしていたのかも。知らないでいた方がいいと本能が察して、好奇心を意識的に抑え込んでいる。

「……仁に会えば、おじさんの居所が知られてしまうから…会えないんですね」

「自分で蒔《ま》いた種とはいえ、なかなか厳しい状況にあるんだよ。これでも」

ちょっと真面目な表情になって言うのがおかしくて、瞳は思わず笑ってしまった。エドワードは何もかもがふざけているように思えるけれど、どこか憎めないところがある。

やっぱり、仁は徹底的には父親を憎めないだろうなあ。そんな思いを抱いて、溜め息をついた。

「仁に会ってどうする気なんですか?」

「父親が息子に会っちゃいけないかい?」

「……」

エドワードは正論を返してくるけれど、とても普通の親子とは思えない二人だ。瞳は敢えて何も言わなかった。雨がやむ気配はまだない。困ったなと思い、エドワードがくれた缶コーヒーのプルトップを開ける。

「仁を頼ろうとしないのはプライドからか?」

一口飲んだ時、隣から低い声が聞こえた。雨音に負けそうな静かな問いかけでもしっかり耳に届く。エドワードには関係ない。余計なお世話だと言い返すのは簡単だったけれど、関係がないからこそ、客観的な話ができるような気がして「違います」と答えていた。

「だって、おかしいじゃないですか。仁は…その…友達なのに、お金があるからって学費を援助してもらうなんて…」

「友達ねえ。仁が聞いたら泣くだろうな」

「……」

おそらく、エドワードは自分たちの関係をわかっているのだろうが、男同士という問題を重要視している瞳は「恋人」と自ら口にできなかった。困惑して押し黙る瞳に、エドワードは諭すように言う。

「いいじゃないか。仁は大金を持っていたところで、使うことを知らない。君の学費に使えるのなら本望だと思うよ」

「……」

「それとも…全部言い訳で、自分に自信がないからなのか？」

エドワードの指摘が心に突き刺さるように感じ、瞳は硬直する。微かに眉をひそめてエドワードを見ると、彼も瞳を見ていて、ひょいと指先でサングラスをずらした。黒いレンズの下から現れた水色の目は作り物みたいで、感情が読み取れない。

「大学を受験して、勉強して、医者になる自信がないから、言い訳をつけて逃げようとしているのか？」

「逃げるなんて…」

「まあ、確かに医者なんて大変そうな仕事に就くよりも、工場で働いていた方が楽そうだ」

「……」

つまらなそうに言い、エドワードはサングラスを戻して、缶コーヒーに口をつける。自信がないから逃げるなんて。そんなつもりはない。強くそう思うのに、反論として返せないのは当たっている部分がわずかでもあるからだ。

仁はいついなくなるかもわからないから。もう二十四で、大きく遅れを取ってしまっているから。渚や薫の面倒だってまだまだ見なきゃいけないから。言い訳だけはたくさん出てくる。けれど、どれもが本当に「言い訳」だ。

そんなことを考えながら、仁も同じ「逃げ」という言葉を使ったのを思い出していた。就活がうまくいかなかったとしても、困難から逃げるのを嫌がって大学には行ってくれないだろうと言った。それも当たっているなと思ったけれど、不思議とエドワードから言われたことの方が胸を突いた。

就職すれば…皆は安心してくれるだろうと思った。早く生活を落ち着かせなきゃいけないと思った。けれど、それは違う意味での「逃げ」だったんじゃないのか。本気で医者になりたいのなら…六年前とは違う。どうしたって諦めなきゃいけなかったあの時とは違う。

仁が…側にいると約束してくれているのだから。

「……。おじさんの……言う通りかもしれません」

「おじさんはやめて欲しいんだが」

肩を竦めるエドワードを見て、瞳は苦笑を浮かべて缶コーヒーを飲んだ。冷たくてほろ苦いコーヒーを飲み干す間に、雨脚が弱まり始めた。遠くを見れば微かに明るさが見える。そろそろやむだろうかと思いつつ、空になった缶を捨てるために立ち上がりかけた瞳にエドワードは手を差し出した。

「捨てておこう」

「あ、すみません」

自分の分と一緒に瞳の缶を持ち、エドワードは離れた場所にあるゴミ箱へ向かった。すぐに戻ってくるだろうと思っていたのだが、その姿は現れず、気になってあたりを見回すとどこにもエドワードはいなかった。

昨日もそうだったが、現れるのも消えるのも突然だ。それに…。

「瞳!」

どこからか呼び声が聞こえ、はっとして駐車場の方を見れば、傘を差し自転車を漕いでいる仁がいた。昨日と同じようなタイミングのよさは偶然じゃないと確信した。エドワードはなんらかの方法で仁が来るのを察して、姿を消したのだ。

土砂降りの中、やってきた仁は傘を差していてもずぶ濡れになっていた。どうしたんだ？と苦笑して聞く瞳に、傘を差し出す。

「瞳が傘を持っていかなかったので。濡れてるんじゃないかと思って届けに来たんです」

「濡れてるのはお前の方だろう？」

「そうですね」

瞳の指摘通りだと、びしょ濡れになっている我が身を振り返り、仁は真面目な顔で頷く。それに弱くなりつつあった雨は小止《こや》みになり、青空も見え始めていた。

「通り雨だから時間が経てばやむと思って待ってたんだよ」

「すみません。瞳が心配で…」

「なんでお前が謝るんだ」

変なの…と瞳は意地悪っぽくつけ加え、仁に「帰ろう」と告げる。今晩は餃子にしたと告げる瞳に、仁は嬉しそうに笑う。

「楽しみです」

「お前も包むの手伝えよ。あいつら、どれだけ食うか、想像もつかないからな」

「わ…わかりました。教えてくれれば…きっと…」

できるはずだと神妙な顔で言う仁はものすごく自信なさげだ。到底戦力にはならなさそうだが、一人よりはマシに違いない。自転車に乗って走り始めると、雨が降ったことで綺麗になった空気がとても新鮮に感じられた。

にらを刻んで、キャベツを刻んで。その間にかちんこちんに冷凍されていたイカと海老を解凍した。穂波家の餃子には豚挽肉以外に、イカと海老を刻んだものが入っている。母親が作る餃子がそうだったので、イカと海老が入っていないと餃子だと認められないのだ。

単価は高くつくのだが、仕方がない。解凍の終わったイカと海老も細かく刻んで、家で一番大きなボウルに入れた。豚挽肉も合わせ、ごま油、塩、醤油、酒、オイスターソースなどで味をつけ、大量の具材を混ぜ合わせれば餡《あん》が出来上がる。一抱えもある大きなボウル一杯に出来上がった餡を、居間のテーブルへ運んで餃子の皮で包んでいく。

「…これくらいの量の餡を皮に載せて…皮の縁をちょいと水で濡らして……こうやってきゅきゅきゅと包めば、出来上がりだ」

「ま…待ってください、瞳。今のは早すぎます。もう少しスローに」

「じゃ、もう一回やるぞ。…餡を載せて～水で濡らして～きゅきゅきゅきゅと…」

「まだ早いです」

「なんでもいいから、いっぺんやってみろ」

もっとゆっくり…と求めてくる仁の相手が面倒になり、瞳は途中で教えるのを投げ出した。仁の相手をしていたら渚と薫が帰ってきてしまう。さっさと手際よく餃子を包んでいく瞳の前で、仁は真剣な顔つきで慎重に餡を載せ、水で縁を濡らして折り畳む。

「……こ…こんな感じでしょうか？」

「お。いいじゃん。うまくできてるな」

「本当ですか⁉」

ありがとうございます…と礼を言い、仁は張りきって次に取りかかる。瞳の予想よりもずっと上手に作れたが、いかんせん、問題はスピードだ。瞳が十個包む間に一個出来上がるかどうかというスローすぎる速度なので、思った通りの戦力外振りだった。

それでも仁は楽しそうだし、向かい合って手を動かしていると、どうしようかと悩んでいたことも素直に話せそうな気になる。

「……。…この前、面接受けた会社さ。駄目だった」

「……。瞳が飛び出していってしまったのが心配で…ポストに押し込んであった手紙を見てしまいました。すみません」

「…そうか」

仁も正直に告げてくるのを聞き、瞳は手を動かしながら頷いた。雨が降ってきたから…というのもあるだろうけど、仁は自分が心配でスーパーひよどりまで迎えに来たのだろう。

瞳の横にあるバットには餃子が次々と並んでいく。仁の横には別のバットを置いてあるが、その数はまだ五つにもならない。一つずつ、丁寧に。一生懸命包む仁をちらりと見てから、瞳は新しい皮を手に取った。

「もしも…もしもさ、おじさんが生きてたらどうする？」

瞳がふいに向けた質問を聞き、仁は動きを止めた。エドワードに会ったことを仁に告げるつもりはなかったが、連日現れたのを考えてもエドワードがこれからも自分に接触してくる可能性は高いと考えた。

昨日も今日もタイミングよく姿を消したけれど、いつかばったりということだってある。仁が受けるショックを考えると、自分が話をしておいた方がいいのかもしれないという思いが浮かんだ。

瞳は皮に餡を載せ、ひだを寄せて包んだ餃子をバットに置く。機械的に次の皮を手にすると、仁の声が聞こえた。

「どうして…そんな質問を？」

「……」

「…あの人に…会ったんですか？」

もしも…なんてつけ加えたけれど、唐突にその存在を出せば、仁がそういう考えに行き当たることは予想できていた。そして、そうなった時はごまかすよりも認めてしまった方がいいとも。

「お前に会いたいんだって」

「……」

エドワードから受けた頼みを口にすると、仁は大きく溜め息をついた。餃子を包んでから顔を上げれば、仁の顔には苦々しげな表情が浮かんでいる。死んだと言っていたが、生きていること自体に驚いた様子は見られず、仁が本心ではそう考えていなかったのがわかる。

「驚かないんだな」

「…最近になって…生きてるんだろうなと思うことがありまして」

「……。実はさ、俺、ポールさんにも頼まれてたんだよ。おじさんがお前に接触する様子があったら連絡欲しいって」

「連絡したんですか？」

「いや」

小さく首を振り、瞳はまた新たに皮を手にする。それから手を止めている仁にも、餃子を包むように命じた。

「渚たちが帰ってくる」

「……あ……はい…」

「おじさん、お前に会って話がしたいんだけど、お前には…監視システムとやらがついてるから、お前の協力なしに会えないんだって。俺にはよくわからないけどさ。俺に頼んで欲しいって言いに来たんだ」

「いつですか？」

「昨日…海水浴場でお前が薫とボートに乗りに行ってる時…と、今日。スーパーにも現れたよ。お前が来るのがわかってるみたいに、直前に姿を消したんだけど」

瞳にとっては不思議だったのだが、仁は当然みたいに肩を竦め「でしょうね」と相槌を打つ。慎重に少しずつ、皮を綴《と》じていきながらも考え事に囚《とら》われているせいか、出来上がった仁の餃子は不細工なものだった。

「あ…」

「…それ、お前が食えよ」

明らかに失敗した感じの餃子を冷たい目で見て、瞳は仁に命じる。しゅんとして頷く仁をちらりと見てから、「お前は」と続けた。

「会いたくないんだよな」

「当然です」

「そうだろうと思って、俺もおじさんにそう言ったんだけど…。改めてそう言っておくよ」

「あの人と会う約束をしてるんですか？」

「まさか。でも、また現れるだろうなと思って。俺が一人の時を狙《ねら》ってるみたいだけど、偶然、ばったりとかなったらお前がショック受けるかなと思ってさ。言っておいた方がいいかと思って」

驚かせてごめん…と謝ると、仁はとんでもないと言って首を振る。またしても手が止まってると瞳が注意した時、階下から「ただいまー」という薫の声が聞こえてきた。

「お。薫の奴、早かったな。助かる」

階段の途中からにらの匂いを嗅ぎつけた薫が「兄ちゃん、餃子⁉」なんて騒ぎながら姿を現す。瞳は薫に早く手を洗って包むのを手伝うように言い、仁には戦力外通告を言いわたした。だが、仁は真剣な顔で続けたいと申し出る。

「いえ、瞳。俺も今後のために手伝わせてください」

「仁くん、どうせ超のろいんでしょ」

「練習しなければ上達しませんから」

「練習なんか必要かな」

首を傾げて仁の横に座りさっさと餃子を包む薫の手は、瞳に勝るとも劣らないほど早い。高速で餃子を包む瞳と薫に囲まれ、焦った仁の餃子はどんどん不細工になっていき、皆の不評を買った。


渚が帰ってくると食卓にホットプレートを用意し、餃子を焼いた。これでもかと餃子を敷きつめるのだが、焼き上がると同時にハイエナ二匹に食いつくされるという悲劇を繰り返しているうちに、百五十個用意した餃子はあっという間になくなってしまう。

「あー…食った、食った。これくらい食べると、食べたって気がするね」

「だよな～。薫何個食った？　俺、六十三」

「勝ったね！　俺、六十八」

「食いすぎだ！」

食べた餃子の数を自慢する弟二人を、瞳は眉をひそめて叱りつける。外で食べたら一体、何人前になるのか。考えただけで気が遠くなる。

「でも、仁くんの不細工餃子には手を出さなかったよ？」

「不細工って言わないでください…」

「そうだぞ、薫。餃子なんか、食ってしまえば形なんて関係ない」

「とか言って、渚だって食べなかったじゃん～」

げふっとゲップをしつつ、二人は落ち込む仁を横目に、お腹がいっぱいすぎると嬉しい嘆きを口にし合う。百五十個も作ったのだから、さすがに少しは残って翌日に回せると考えていた瞳は複雑な気分で落胆するしかなかった。

後片づけを済ませ、渚と薫が一階の自室へ下りていくと、途端に静けさが生まれる。先に風呂を済ませた瞳は仁にも入ってくるように勧め、居間に蚊取り線香を炊いた。窓の前に蚊遣りを置いてから、テラスへ出る。

風呂上がりの身体には夜風が心地よく、空には月が輝いている。午後の通り雨が嘘みたいだ。星も綺麗に見えて、テラスの手摺りに掴まってうんと身体を反らして見上げていたら、背後の窓から仁が出てくるのが見えた。

「早かったな」

逆さになったまま言う瞳に苦笑し、仁が近づく。そっと肩を支え、上から覆い被さるようにしてキスしてくるのを避けられなくて、啄《ついば》むだけで離れた仁の顔を軽く睨んだ。

「こんなとこで…」

「瞳が挑発的な格好をしてるからです」

「挑発的？」

どこが…と尋ねながら姿勢を戻すと、背後から抱きしめられた。甘えるみたいな仕草にこめられた思いは言葉がなくても伝わって、瞳は何も言わずに仁のしたいようにさせた。

ただ…季節がよくない。お互い、風呂上がりなのに引っついていたら、せっかく流した汗をまたかいてしまう。

「暑いよ」

「……瞳」

「ん？」

「あの人に……何か聞きましたか？」

不安げな声に苦笑し、瞳は腹に回されている仁の腕を握って背後を振り返る。声音通り、微かに強《こわ》ばった顔を見つめて正直に答えた。

「お前が…何をしていたのか…何をしているのか、知りたくないのかって言われた」

「……」

「それを交換条件にしたいみたいだったけど…お前に会える手筈をつけるための？　…でも、興味がないからさ。交換条件にはならないだろ」

「本当に？」

「お前は聞かれたくないんだろ？　…だったら、俺も知りたくないよ」

不在にしていた六年間。何をしていたのかと聞いたけれど、仁は曖昧な答えしか返さなかった。仁にまつわるいろいろな事実はどれも怪しくて、自分が暮らす世界からは遠いところにいるのだとわかっている。

それでも仁はこうして自分の側にいることを選んで…いてくれる。暑いって思ってるのに、引っついている身体を離せないくらい、側にいて欲しいとも思っている。

「それに…おじさんからどんな話を聞いたとしても、俺は変わらない。俺にとってのお前は…ぶきっちょでのろまで…心配性なのに間が抜けてて…」

「…瞳。なんか貶《けな》されている気がするのですが…」

「いや。事実だから」

「……」

貶しているつもりはまったくないと言い切る瞳に、仁は深い溜め息をこぼした。餃子の失敗がまだ尾を引いているのか、がくりと項垂れている仁にちょっとだけフォローの言葉を向ける。

「俺や渚や薫に優しすぎで……ポールさんとかおじさんには厳しすぎだから、完全に二重人格だし。賢い…みたいだけど、あんま関係ないな。あ、でも渚たちの勉強見てくれたりするから役に立ってるのかも。…あと、洗濯物畳むのはうまいな。アイロンかけるのも。掃除も。…本当に…お前がいてくれると……助かる」

「瞳……」

「いてくれるだけで……いいんだ」

にっこりと笑みを浮かべて言い、仁の手を上から覆った。その手を仁は握り直し、耳元で「瞳」と呼んだ。低く、甘い声が何を欲しているのかはすぐにわかって、瞳は苦笑する。いろんなもやもやに押しつぶされそうになって、もっと苦しいはずなのにマシな感じで済んでいるのは仁がいてくれるお陰だ。

仁がいてくれたら…どんなことでも乗り越えられる。そう信じられる自分を幸福に思い、愛しい恋人の腕に身を任せた。

開け放して眠る扉を閉めて、風の流れが滞った部屋で睦み合う。時折、窓から吹き込む風はふわりと身体を撫でる程度だ。それさえも抱き合って熱くなった身体にはとても心地よく感じられた。

「……っ……ん…」

長いキスの狭間《はざま》に漏れる甘い鼻声は瞳の熱を仁に伝える。際限なく、お互いを味わうような淫《みだ》らな口づけに溺れて、滲み出る濃密な欲情は部屋を甘美な色合いに染めていく。

「……瞳…」

掠《かす》れた声が名前を呼ぶのに応え、瞳は閉じていた瞼《まぶた》をうっすらと開ける。間近で見る仁の顔は恥ずかしくなるくらい欲望に濡れていて、思わず苦笑が漏れた。

「瞳?」

「……お前って……こうしてる時は顔が違うな」

「そうですか?」

「ああ。……」

どんな顔なのか伝えようとしたけれど、仁の反応を想像して、言うのをやめた。ハーフだという仁は整った顔立ちをしていて、かなり格好いい部類に入る。背だって高いし、柔らかくウェーブした髪も魅力的だ。

けれど、瞳の目にはいつもちょっとだけ情けなく映っている。それが仁のよさだと認めているけれど、こうやって抱き合っている時はその容貌が違って見えるのだ。

自分に対しての欲望を露《あら》わにしている仁は…凛々《りり》しく感じられる。こういうのは惚《ほ》れた弱みというやつかもしれなくて、仁には言わない方が得策だろうとも思えた。

「どんな顔なんですか？」

瞳が言いかけた言葉が気になるようで、仁は真面目な顔で尋ねる。瞳は笑みを浮かべただけで、答えなかった。

「瞳。教えてください」

「内緒」

「内緒って……。でも、俺にも瞳が違って見えますよ」

「そうなの？」

「いつも以上に綺麗で…可愛くて…。素敵です」

「……」

仁は嬉しそうに、素直に言葉を並べるけれど、瞳にとっては聞かなきゃよかったという内容だった。気に入らないのではなく、恥ずかしくなってしまうからだ。

案の定、頰がとても熱く感じられ、眉をひそめて「バカ」と罵《ののし》る。瞳の悪口を好む仁には逆効果で、しあわせそうに誉め言葉を続けた。

「本当に瞳は美しいです。キスした後のぼんやりした顔なんて最高に色っぽくて…素敵すぎます。世界じゅうに見せびらかして自慢したいくらいですが、そんなもったいないことはできません」

「あのな…」

「俺だけが…見られるというのは…、ものすごく幸運だと思っています」

ますます眉間の皺を深くする瞳に「愛してます」と告げて、仁は口づける。柔らかな唇を啄み、鼻の頭から、眉間へとキスを延ばして、瞳の表情を和らげていく。愛してます、大好きです。告白を繰り返す仁は真剣だけど、瞳は次第に笑えてきてしまって、唇を歪ませた。

「大安売りだな」

「まさか。俺は真剣ですよ」

「うん。わかってる」

それは知っていると伝え、瞳は仁の背中に手を回す。肩に顔を埋め、ぎゅっと抱きしめる身体の熱さに酔いしれる。愛おしいと思ってくれる相手、愛おしいと思える相手。そういう存在があるからこそ、自分はどんな困難にもめげないでいられるのだと思う。

もしも仁がいなかったとしても。それはそれで、それなりに乗り越えていけただろう。両親が亡くなった時のように。自分には頼る相手はいないのだと言い聞かせて、自分に余裕を与えないようにして、立ち止まらないで、考えないで…。日々を送るだけで精一杯なのだからと、…諦めて暮らしていたに違いない。

「…ありがとう」

改めて仁がいてくれることがありがたく思え、瞳はしみじみと礼を言った。抱きしめ返してくる仁の手に力がこめられる。身体が密着すると仁からの気持ちが流れ込んできて、すべてが満たされていくように感じられた。

「…っ……あ」

同時に仁のものが脚に当たり、思わず声が漏れる。仁はまだ服を着ているけれど、薄いハーフパンツだから、抱き合うだけでも存在を感じられる。硬い感触に戸惑って目を伏せる瞳の額に、仁は苦笑を浮かべて口づけた。

「…すみません」

「……謝らなくても…」

「瞳を見てるだけで……駄目ですね」

自制心が足りないのかも…なんて呟くけれど、瞳も自分自身が同じように反応しているのがわかっていたから、何も言えなかった。躊躇いを覚え、じっとしていると唇を奪われる。優しいキスに溺れているうちに、硬くなっているそれに触れられていた。

「ん……っ……ふ……」

そっと撫でてくる指の動きが焦れったく思えて、身体が揺れる。抱き合ってキスをして。たくさんの告白を受け止めた身体はとうに熱くなっている。

はしたない仕草を後悔する間もなく、仁の手が下衣の中へ忍んできて、直接触れてきた。

緩く握り込まれ、鼻先から甘い吐息を漏らすと、下着ごと下衣を脱がされる。

「……っ……は……っ…あ」

裸になったのを心許なく思うよりも、心地よく感じる。夏の夜。しっとりと汗ばむ皮膚を合わせる感触は特別なものだ。寒い夜に温め合うのとはまた違う、濃い欲望の匂いがする行為に、心がかき立てられる。

「…ふ……あっ……仁……」

瞳の膝を立てさせた仁は脚の間に顔を埋める。硬くなっているものを指で支え、口の奥へと含んでいった。柔らかく濡れた口腔《こうこう》内に含まれる感覚は、何度経験しても特別に感じられて、瞳は熱い溜め息をこぼす。

「は…っ……あ……」

舌が絡みつき、唇を使って扱《しご》かれる愛撫《あいぶ》に思考を溶かされる。昂《たか》ぶっていくのを止められず、瞳自身は仁の口の中で大きさを増していった。

「っ…ん……ふ…っ……仁……」

掠れた声で名前を呼び、癖のある髪を握る。的確に感じるやり方で愛撫してくる仁に翻弄《ほんろう》され、快楽を追うことしかできなくなっていく。唇で先端を扱かれ、根本の柔らかな部分を指で刺激されると、腹の奥がずんと重くなった。

先走りを滲ませる割れ目を舌で弄られ、その刺激でびくりと身体が震える。いけないと思った瞬間、欲望を吐き出していた。

「あっ…」

短い声があがるのと同時に、どくどくと液が溢《あふ》れ出す。それを口で受け止める仁から逃れるために身体を捻ろうとしたのだが叶わず、飲み干されてしまう。申し訳ないと思っているのに、口腔に包まれている感触にいまだ感じる自分自身が恥ずかしかった。

「…じ…ん……」

びくびくと震えていたものが落ち着き、瞳が溜め息のような声で呼ぶと、仁が顔を上げる。自分の前に現れた仁を優しく引き寄せ、その口元に舌を這《は》わせる。

「…飲むなって……言っただろ」

自分自身を含んでいた口を清めるみたいに口づけながら、瞳は途切れがちに注意した。仁は「ごめんなさい」と素直に謝りながらも、嬉しそうにキスを返す。

「…瞳が……全部…欲しくて……」

「…へん……なの…」

すまないような気持ちから口元を舐《な》めていたのが、次第に激しい口づけへと変わっていく。快楽を味わいながらも、仁の手に従い脚を上げた。

「…ん…っ…」

深く咬《か》み合ったまま後ろを探られて、鼻の奥から呻《うめ》き声を漏らす。敏感な皮膚を指先で触れられるだけで痺《しび》れるように感じた。瞳がびくりと身体を震わせるのを見て、仁は潤滑剤を取り出す。濡れた指に触れられた瞳は大きく息をついた。

「…っ……は…あ」

ゆるりと蠢く指先がもたらしてくれる快楽を想像するだけで、身体が昂揚《こうよう》する。六年前、仁と抱き合うようになってから、いなくなるまでの間にも数え切れないくらい繋がったけれど、再会してからの方が関係が濃くなった気がしている。

身体を重ねるごとに快楽が増えていく。仁を必要とする心がずっと大きくなったせいなのか、年齢的なものなのか。まだ少年だった頃とは、欲するものが違っているのかもしれない。ただ、衝動的に欲望を吐き出すだけでなくて。心までも蕩《とろ》けるような閨《ねや》は終わりが見えなかった。

「…ふ……」

ゆるゆると孔《あな》の入り口を撫でていた指先が中へ入ってくる。ひくりと内壁が震えるのを感じながら、瞳はキスをねだる。深く口づけて、中を弄られて。身体じゅうで得る快楽に溺れる時間は途方もなく貴い。

「…んっ……ふ…っ…」

意識して味わっているつもりでも、しばらくすると我を忘れてしまう。感じる場所に当たるように身体を揺らすはしたなさを恥じる心は残っていたけれど、次第にコントロールできなくなっていった。

中にある仁の指が増え、存在感を増すと息苦しさを覚える。なのに、それ以上の強さを望む気持ちが大きくなっていくのを抑えきれない。

「っ……ん…っ……仁…」

名前を呼ぶ声に甘えが滲んでいるのは瞳自身わかっていた。首筋から耳元を愛撫していた仁が顔を上げ、覗き込んでくる。

「…瞳……。とても綺麗です」

「…っ…からかうな…って…」

「からかってなんかいません。…愛してます」

うっとりと何かに酔っているみたいに呟き、仁は後ろに含ませていた指を引き抜いた。ずるりと出ていく感触がたまらなく思えて、瞳は眉をひそめてかすかな呻き声を漏らす。

「…っ…」

指を含んでいた内部は熱く熟れていて、仁自身を求めて疼いている。火照った身体を丸めるようにして横向きになる瞳を、仁は優しく俯《うつぶ》せにさせた。

「瞳…」

背後から聞こえる低い声は色香に満ちていて、耳にするだけで身体の芯《しん》が熱くなる。項《うなじ》を這う仁の唇は濡れていて、感じる場所に触れられるたびに嫌でも震えが走る。快楽を望む心の方がとうに大きくなっていて、仁を望んでいた瞳は掠れた声で呼んだ。

「…仁……」

密《ひそ》やかな欲望の混じった声は瞳の気持ちを伝えて、覆い被さっていた仁が起き上がる。腰を高く上げてくる手に従い、羞恥《しゅうち》を覚える体勢となる。どんなに恥ずかしくても仁を欲しいと思う気持ちを前にするとすべてが消えていった。

「…っ…ん…」

柔らかく濡れた孔に仁のものがあてがわれる。硬く熱い感触につい身体が強ばる。瞳は意識して息をつき、入ってくる仁を受け入れた。

「…ん…っ……ふ……」

後ろから入れられるのは仁の顔が見えないから寂しく感じられるけれど、快楽という点では満足できた。力強く、圧倒的な存在感で内側を埋めるものが、最奥まで入ってくる。背中に覆い被さる仁がつく溜息を耳にすると、瞳はぎゅっとシーツを握りしめた。

それに気づいた仁が瞳の手を上から覆う。自分よりも指の長い、大きな掌に包まれて瞳は吐息をこぼす。

「…瞳……愛してます…」

「ん……俺も…」

小さな声で自分も同じ気持ちであると伝えると、仁は背中からぎゅっと力をこめて抱きし

めてきた。息苦しいくらいの抱擁は嬉しいけれど、中に仁を含んでいる瞳にとっては複雑だ。

「っ…あ」

仁自身が一際大きくなったように感じられて、瞳は甘い声を漏らす。感じる場所に強く当たり、再び反り返っているものから液がこぼれ出すのがわかる。仕方のない自分に眉をひそめると、耐えきれなくなったように仁が腰を押さえて動き始めた。

「あっ……や…っ…仁…っ」

「瞳……」

身体が揺れるほどに後ろから激しく突かれる刺激に、瞳の身体は際限なく昂揚していく。二人で生み出す快楽に酔いしれる幸福。これ以上なく、側にいてくれるという実感を得て、瞳は仁への気持ちを改めて見つめ直していた。

抱擁を解いても離れがたくて、ベッドの上で睦み合う。髪を撫でる仁の手が優しくて、触れられているだけでしあわせな気持ちになる。扉を閉めてあるから蒸し暑いように感じるけれど、時折窓から入ってくる涼風が裸の身体には心地よかった。

「…瞳。髪が伸びましたね」

「そうなんだ。床屋に行かないと…いけないいな…」

「長くしても素敵ですよ」

「お前みたいに？」

苦笑を浮かべて顔を上げ、瞳は仁に代わって彼の髪に触れた。春、突然戻ってきてから一度も切っていない仁の髪は結構伸びていて、縛れるほどだ。くるくるのウェーブがかかった髪は柔らかくて、上等な毛皮のような手触りがする。

「長いのはうっとうしいからダメだな。俺は」

「そうですか？　縛ってしまうと楽なんですけどね」

「お前は似合うし、いいよ。このままで」

似合う…と言われた仁は嬉しそうににっこり微笑む。素直な笑みを目にしたら、瞳は不思議な気分になって、つい禁句を口にしていた。

「お前って…おじさんに似てないよなあ。母親似？」

「……」

瞳が「おじさん」と口にした途端、仁は天使のような笑みを消し、らしからぬ険相になる。父親を嫌っている仁には向けてはいけない話題だったと後悔しても遅かった。

「血の繋がりがあるということ自体、信じたくないんです。これで顔まで似ていたら、俺は生きてられません」

「そこまで言わなくても…。でも、おじさんも客観的に見たら格好いい部類に入るだろ。格好いいところは似てるんじゃないのか」

「まさか！　俺は母親似なんです。あんな奴に少しも似てません！」

「そうか…」

むきになって否定する仁にそれ以上言っても気分を害させるだけだとわかっていたので、瞳は神妙な表情で頷いた。昨日も今日も、ふいに現れたエドワードは帽子を目深に被り、サングラスをしていたから容貌ははっきりしなかったけれど、以前見かけた時のことを思い出してみてもイケメンだった記憶がある。

イケメン…というより、年齢的にチョイ悪親父《オヤジ》と言った方が正しいだろうか。仁も年を重ねたらあんなふうになるのかな…と、心の中だけで想像する。

「まったく……信じられません。俺に合わせる顔もないはずなのに、瞳に会って仲介を頼むなんて。本当にふざけてます」

「でも…おじさんなりに大変なんじゃないの。そんなようなことも言ってたぞ」

「何もかも自業自得なんです。瞳、あの人に関しては、絶対に情けは無用ですよ」

「俺は何もできないからさ。情けもかけようがないから大丈夫だ」

憤慨している仁を宥《なだ》めるように髪を撫でていた手で頬に触れる。顔を上げた仁と目が合うと、口づけてくる。甘いキスを交わして、深い溜息をこぼした瞳は、腰に回された仁の腕をそれとなく摑んだ。

「……もう…ダメだぞ…」

「どうしてですか?」

「何回やるんだよ?」

苦笑する瞳の唇を塞ぎ、仁は深く口づける。いけないと思う理性とは裏腹に、甘さの残る身体が仁の挑発を喜んでいるのがわかって、瞳は複雑な気持ちになる。それでも、キスを続けていればなし崩し的に仁の望みを叶えることになるのはわかっていた。

その前に、ひとつだけ。そう思ってもう一度、エドワードのことを口にする。

「…ん……おじさんがさ…」

「……」

仁が怪訝そうな表情になるのはわかったが、腕の中にいる時に話しておきたかった。素面《しらふ》になったら言えない気がして、茶色の瞳を覗き込んで伝える。

「自信がないんだろうって言うんだ」

「自信? なんのことです?」

「なんでかわからないけど、おじさん、俺が医者になりたいのとか…そのあたりの事情を知ってるみたいでさ。俺が…お前の力を借りて医者になろうとしないのは…いろいろ言い訳をつけて、動かないでいるのは、自信がないんだろうって。大学に入って、六年も勉強して、国家試験に受かるのは大変じゃないか。だから…」

「何言ってるんですか…！」

瞳としては納得のいく言葉だったのだが、仁は違ったようで、鼻息荒く言葉を遮った。特にエドワードの言葉だというのがひっかかったようで、それまでの甘えた表情を一変させ、瞳が伝えた内容を否定する。

「瞳に向かってなんて失礼なことを…。本当にあの人には呆れます。ごめんなさい、瞳。瞳の控えめな性格とか、思慮深い考え方とか、あの人には理解できないんです。瞳に接触しただけでも許せないのに、そんな失礼なことを言ってたなんて…」

信じられないと憤慨する仁の頬に、瞳は苦笑を浮かべて触れる。優しく髪を梳《す》き、怒る必要はないと宥めた。

「俺は…納得できたんだ。正直、どきりとして……そうかもしれないって思った」

「……瞳…」

「おじさんは…変わった人だと思うし、お前にとっては迷惑でしかないのかもしれないけど…。悪い人じゃない気がするんだ。…お前の父親だし」

仁が自分の両親を大切に思ってくれるように、どんなにかけ離れた存在であっても仁の父親だというだけで、自分にとっては特別な存在だ。瞳は甘えるように仁の首筋に顔を埋め、小さな声で囁いた。

「…おじさんが……生きてて、よかったな」

「……」

おそらく、死んだ…と告げてきた仁に哀しみは見当たらなかったけれど、生きていたことまで惜しむほどの憎しみがあるとは思えなかった。仁は沈黙を返した後、深い溜息をついて瞳を抱きしめる。

「…瞳は優しすぎます」

「そうか？」

「あの人が生きててよかったなんて…俺は素直に思えません」

「うん」

幼い頃からエドワードの都合で振り回され、利用されてきたらしい仁にしてみれば複雑に違いない。それは理解できて、抱きついてくる仁の背中に手を回す。

子供をあやす母親のように。優しく背を撫でて、自分がいるのだからと不安を取り除くように言った。

「おじさんには悪いけど…お前を行かせたりしない。もう…子供じゃないから、自分たちの思い通りにできるはずだ」

「瞳…」

「俺は絶対、お前を渡さないから」

安心しろよ…と言って笑うと、仁が抱きしめていた腕を解く。乱暴に唇を重ねてくるやり方は仁らしくなかったけれど、それだけ気持ちがこめられているのだとわかった。情熱的なキスに応えて、大切な恋人の思いを受け止めた。


夏休みであっても穂波家の朝は変わらない。部活に遅刻すると慌てて薫が駆け上がってくれば、それに続いて渚も補講に遅れると青い顔で姿を現す。

「兄ちゃん、弁当作ってくれた？　週末試合だから、今日は午後もあるんだけど」

「ああ。傷みにくいもので作っておいたが、できるだけ涼しい場所に置いておけよ。保冷剤も入れといた。あと、お茶。こっちが凍らせてあるやつで、こっちが冷たいやつ」

「ありがと！」

「兄ちゃん、俺もおにぎり」

「作ってある」

朝ごはんをかき込みながら昼の弁当を要求してくる渚と薫に答え、瞳は二人分の用意を済ませる。特にバスケ部の部活に参加する薫はお茶だけでもすごい量で、水筒というよりウォーターサーバーを持ち歩いているようなものだ。

「二人とも帰りは夕方か？」

「俺、五時くらいだと思う」

「俺も。六時にはならない」

帰宅時間を確かめ、一階の玄関へ駆け下りていく二人を見送った。どどど…という足音が轟《とどろ》き、ドアが閉まる音が響くと、途端に静けさが戻ってくる。

「…ふう。夏休みだってのに…どうしてああ、余裕がないんだか…」

「二人ともぎりぎりじゃないと朝って気がしないのかもしれませんね」

「つき合ってられないな」

呆れた気分で肩を竦め、仁と手分けして家事を済ませた。洗濯物を干し、掃除をして、台所を片づける。二人で分担すればあっという間で、仁は庭の畑仕事をすると言い、外へ出ていった。

瞳が追いかけるようにして庭へ出ると、仁は畑の野菜に水を撒いていた。気温が高くなる前に水撒きは終えなくてはいけない。山の中にある穂波家は夏の盛りでも午前中はまだ涼しさが残っている。日陰は特に過ごしやすくて、家の影になっている犬走りに腰を下ろした瞳は、ホースを手にしている仁に話しかけた。

「なあ」

しかし、水音で瞳の声は仁に届かない。もう一度、声を強めて「仁」と呼ぶと、ホースの水が止まる。

「何か言いましたか?」

「うん」

「なんです？」

「頼みがあるんだ」

瞳の頼みというのに心当たりのなかった仁は、怪訝そうな顔つきで畑から出てきた。ホースを手にしたまま、瞳に近づき繰り返す。

「頼みって？」

「大学に…行って、医者になりたいから、助けてくれないか」

「……」

場所が場所だったから、トマトを取ってくれとか、茄子が欲しいとか、そんなことしか考えていなかった仁は、目を丸くして瞳を見たまま、何も言えなかった。微動だにしない仁を見て、瞳は自信なさげな表情になって呟くように言う。

「今さら…何言ってんだって思うかもしれないけど……俺なりに考えて…」

「……ま…待ってください…！　違うんです…、ちょっと驚いて…」

「驚くことか？　お前、医者になれって言ってたじゃないか」

「ええ。確かに、そう言いましたし、今も思ってますけど、こんなところで…。…ああ、瞳は本当に…」

「本当に…なんだよ？」

「なんでもないです」

「悪口か？」

「とんでもない」

疲れ果てたというようにその場に座り込み、仁は苦笑して首を横に振る。立ち上がった瞳は仁の前にしゃがんで、決意を固めた理由を告げた。

「自信がないって思われてるのもしゃくじゃないか。それに…言い訳ばっかなのってかっこ悪いし」

「瞳は勝気ですからね」

「おじさんも役に立つよ。お前や、渚や薫なら絶対言わないことだろ」

「そうですね。瞳に自信がないんだろなんて、逆立ちしたって言えません」

「ほら。役に立ってる」

にやりと笑う瞳に、仁は苦笑を返す。それから身体を傾けて瞳にキスをした。誓いのキスみたいに敬虔《けいけん》な思いでの口づけを交わして、瞳は仁に約束する。

「六年もブランクがあるし、大学も…一発で合格できるかどうかわからないけど、頑張るから。絶対、医者になってみせるから」

「瞳ならきっと大丈夫です」

「うん。…お前が側にいてくれたら…頑張れる」

純粋な本心を伝えて微笑むと、仁も同じように笑った。これからもずっと、二人でならどんなことも乗り越えられる。そう信じられる瞬間は、本当に結婚式みたいだと思ったけれど、仁が調子に乗るのは目に見えていて口にはしなかった。

なのに、同じようなことを考えているもので。

「俺は瞳の側から離れません。病める時も健《すこ》やかなる時も、永久に瞳を愛し続けます」

「お前ね…。長靴に軍手で…麦わら帽子にエプロン姿で？」

手にはホースを持って、宣誓する仁を瞳は声をあげて笑う。爽やかに晴れた空。緑溢れる畑で永遠の愛を誓うなんて、とっても自分たちらしいと思って、真摯で質素な……そして、誠実な告白を瞳は心から喜んだ。

そして、その日の晩。瞳は渚と薫にも自分の決意を伝えた。夕飯が終わった後、真剣な顔で「話がある」と切り出した長兄に、弟二人は緊張を浮かべて向き合った。

賛成してくれるだろうと…元々、勧められていたのだから…思ってはいたけれど、具体的に考えると様々な問題もある。渚と薫にも迷惑をかけることになるので、自分の気持ちをきちんと話しておかなくてはいけないと思い、瞳は真剣な表情で就職試験の話から切り出した。

「この前の…面接を受けた会社、ダメだったんだ」

昨日、結果が出ていたが、渚たちには伝えていなかった。凶報を聞いた二人は揃って顔を強ばらせ、瞳をフォローする。

「そうか…。残念だったね、兄ちゃん。でも…他にも会社はあるし…」

「そうだよ、兄ちゃん。兄ちゃんに合う会社が絶対にあるって」

「ありがとう。…それで……俺、仁に助けてもらって大学に行こうかと…思うんだ」

渚と薫がどう捉えるかわからない。それこそ逃げみたいに思われるかもしれない。そんな恐れは抱いていて、自然と声が小さくなってしまった。らしくなく、緊張した口調で考えを告げる瞳に、二人は驚いた表情を浮かべる。

「大学って……兄ちゃん、医者になるの？」

「本気で？」

「…ああ。言い訳に聞こえるかもしれないが、就職試験に落ちたからっていうんじゃないんだ。逆に…就職しようとしてるのが逃げみたいに感じたっていうか…。うまく言えないなんだけど…」

わかって欲しい気持ちもあるが、現実として難しいという思いもあり、瞳は言葉が続けられなくなっていく。そんな兄の複雑な思いに気づいた渚と薫は、慌てて首を横に振った。

「ご、ごめん、兄ちゃん。ちょっとびっくりして…。いや、俺は賛成だよ！」

「俺もだって。兄ちゃんが医者になるっていうなら大歓迎だって！」

驚いた顔から一転、嬉しそうに励ましてくれる渚と薫に、瞳はほっとして息を吐く。二人にはごまかしている様子はなくて、本心から言ってくれているのだとわかる。

傍らで様子を見守っていた仁も「よかったですね」と笑ってくれたのだが、薫が何気なく続けた言葉が瞳にはひっかかった。

「よかったじゃん、渚。兄ちゃんが決心してくれて。これで渚も…」

「薫！」

うっかり口を滑らせたっぽい薫を、渚は慌てて注意する。が、時遅く、瞳と仁は不思議そうに二人を見た。

自分が決心したから渚がどうだというのだろう？　怪訝そうに首を傾げ、「渚？」と呼びかける瞳の前で、薫は申し訳なさそうに身を小さくし、渚は困り果てた顔で俯《うつむ》いていた。しかし、しばらくして意を決したように顔を上げる。

「…兄ちゃん。いい機会かもしれないから……俺も話していい？」

「…ああ」

渚が何を話そうとしているか、見当もつかなかったが、聞くしかない。神妙に頷いた瞳の前で、渚は大きく息を吸ってから確認する。

「…兄ちゃんが…医者になるなら……俺は医学部に行かなくてもいい…のかな」

「え…」

渚の問いはまったく想像もしていなかった内容で、瞳は答えられなかった。絶句して見つめる長兄に、二男はずっと思い悩んできたことを告白する。

「俺…兄ちゃんのためにっていうか……うちはお父さんが医者だったし、兄ちゃんも医者を目指してたのになれなくて、だから、俺が医者にならなきゃいけないと思って医学部を目指してきたけど……本当は別のことがやりたいんだ」

「……」

「兄ちゃんが医学部に行くなら……俺は行かなくてもいいかな…って」

恐る恐る…といった感じで確認してくる渚の前で、瞳は目を見開いたまま硬直していた。渚が医学部を目指していたのは知っている。そのために進学校に進み、勉強も頑張ってきた。その裏に自分に対する思いがあったのにも気づいてはいたけれど、他にやりたいことがあるというのはまったく知らなかった。

驚きが大きすぎて固まったままの瞳の前で、渚は顔つきをどんどん強ばらせていき、その隣では薫も責任を感じて凍りついている。三すくみ状態になっている兄弟に、仁は困った気分で助け船を出した。

「あ、あの…瞳。渚も渚なりの考えがあると思うので、一度、話し合ってみた方がいいと思うんです。渚、他にやりたいことって、具体的にはなんなんですか?」

「…う…うん…」

仁に聞かれた渚は視線を揺らし、最終的に窺うように瞳を見る。渚が自分をものすごく気遣っているのに気づいた瞳ははっとして、大きく息をついた。渚だって今まで考えて悩んできたに違いない。自分の方が助けてやらなきゃいけないのに、こんな態度はよくないと反省して気持ちを切り替えた。

「…ごめん。ちょっと…びっくりして…。…本当に…全然、気づいてなかったんだ。その…お前は医者になりたいんだって思い込んでて…」

「ごめんね、兄ちゃん。本当は…兄ちゃんからしたら、俺も一緒に医者になったらって思うのかもしれないけど…。このままの調子でいけば志望校も受かると思うし…国家試験とかも受かると思う。でも、俺は…正直、医者って仕事に就きたいって思わないんだ」

「……わかった。…それで、お前は何がやりたいんだ？」

「そういう仕事に就けるかどうかはわからないんだけど…できるなら、海洋調査ができるような仕事がしたいんだ。俺、深海に興味があって…だから、大学も海洋学部とか…行けたらいいなって…本当は…思ってたんだ」

「渚、深海オタクなんだよ」

薫がつけ加えるのを聞き、次兄の思いを知っていたのだとわかる。だからこそ、うっかり口を滑らせてしまったのだろう。自分だけ知らなかったのが寂しく思えたが、弟たちが何も言えなかったのも理解できた。

医者になれなかった自分の無念さを弟たちは汲み取り、自分の方も意識せずにプレッシャーを与えていたのだ。自分が父の背中を見て医者になりたいと考えたように、弟たちも同じ気持ちを抱いているのだと思い込んでいた。

自分は無理だったけれど、渚と薫は医者にしてやりたい。そんな思いは弟たちの気持ちと食い違っていたのだ。なんとなく、二人にはそれぞれの考えがあるのかもしれないと思いつつ、ちゃんと話し合わなかったのもいけなかったと反省する。

瞳は複雑な気持ちだったが、これ以上二人を気遣わせてはいけないと思い、顔には出さずに「わかった」と繰り返した。それから「ごめんな」と心をこめて詫びる。

「全然気づけなくて…。相談する隙も与えてなかったもんな。本当に悪かった」

「な…何言ってんの、兄ちゃん。兄ちゃんは十分立派だし…俺の言ってることの方が我儘ってやつで、こんなこと言ってられる状況じゃないってわかってるんだけど…」

「いや。俺はお前たちにはやりたいことをやって欲しかったんだ。…ただ、それが俺と同じ…医者になることだって、なんでか思い込んでたんだよな。言ってくれてよかった」

「それは……仁くんが帰ってきてくれたからだよ。仁くんが兄ちゃんを…助けてくれるから。兄ちゃんを助けてくれる人ができたから……俺も…言ってもいいかなって」

ごめんね…と渚は仁にも我儘を許して欲しいと詫びる。謝られると思っていなかった仁は慌てたように両手と首を同時に振り、自分は何もしていないと狼狽《うろた》えた。その様子は滑稽で、深刻な空気が少し和む。

　そして、それを狙ったように末弟が口を開いた。

「あのさ…俺もついでにいいかな？」

　発言権を求め手を上げる薫を、瞳は苦笑して見る。渚よりも薫の方が、性格的にも医者になりたくないと言い出す可能性が高いとわかっていた。覚悟を決めて「なんだ？」と聞く瞳に、薫は予想以上の話を切り出した。

「俺も医者にはなれないなって思ってて…それで、大学も行きたくないって思ってるんだ」

「……。何かやりたいことが？」

「ちょっとね。でも、今は内緒」

「……考えておく」

「えっ。渚はOKなのに、俺は保留なの？」

「お前はまだ中二だ。考えが変わるかもしれないだろ」

　大体、内緒というところからして怪しい。薫は成績はいいが、渚のように勉強に熱心というわけではなく、部活の方が楽しい様子だ。ここで許可してしまったらさぼる口実を与えてしまうかもしれなくて、瞳は神妙な態度で突き放した。

　ちぇーと唇を尖らせ、つまらなそうな顔をしている薫を横目に見つつ、瞳は皆でスイカを食べようと提案した。スーパーで特売していたスイカを、晩ご飯の後で食べようと思って冷やしてある。

重い話が終わったのにほっとし、渚と薫も手伝って用意した。半分に切ったものを四つに切り分け、スプーンと塩を添えて食卓に並べたのだが、渚も薫もスプーンを使って食べるなんてするわけがない。がっと齧りつき、スイカの果汁に塗《まみ》れながらすごい勢いで食べていく。

「甘いね、このスイカ。やっぱ、夏はスイカだな」

「うまー。兄ちゃん、まだ半分あるよね？　お代わりしてもいい？」

「ほどほどにしとけよ。腹が冷えるぞ」

丸ごと一個食べたとしても冷えそうにない腹の持ち主だと知ってはいるが、一応、注意する。兄の注意を軽く聞き流し、我先にと冷蔵庫へ走っていく弟たちを呆れた目で見て、瞳はスイカに塩を振った。

「塩をかけると甘みが増すから不思議ですね」

「…ああ」

何気ない言葉なのに、仁の声を聞いただけで、つい笑みが漏れた。不思議そうに「瞳？」と呼びかけてくる仁に、なんでもないと首を振る。

「何か変なことを言いましたか？」

「違うんだ。……お前がいてくれて…嬉しいなって思って」

渚と薫は台所で、スイカの切り分け方について小さな争いを起こしている。到底、聞こえないだろうと思い、声を潜めて正直な気持ちを仁に告げた。小さな告白は仁を喜ばせて、さらに密やかな声で返される。

「そういうことは…二人きりの時に」

ああ…と笑って頷き、スイカをスプーンですくった。甘くて冷たいスイカは蒸し暑い夏の夜には最高だ。仁の言う通り、塩を振るとさらに甘くなるように感じられて、美味しいなと言い合っていたのだけど。

「違うって！　そんな切り方じゃ、渚の方が多くなるじゃん。だから、包丁貸してよ」

「お前に切らせたら絶対ずるするだろ？」

「しないって。大体、スイカって真ん中が甘いんだよ？　そこが多ければいいんだろ」

「いや、甘さも重要だけど、量もかなり大事だね」

なんて、言い合いがエンドレスで続いているものだから、結局「いい加減にしろ！」なんて怒鳴らなくてはいけなくなるのだ。ぎろりと台所の方を睨みつけてから、深い溜息をこぼす瞳であった。

緩やかな風が流れ込んでくる居間の床に寝そべり、蚊取り線香の匂いに包まれる。だらだらと味わっていられるほどよい蒸し暑さは、山の中に建つ家ならではの特権だろう。虫は多いし、冬は寒いけれど、夏はいいなと思える。

仁に借りたパソコンを触っていた瞳は、足音に気づいて振り返った。一階の浴室から上がってきた仁がタオルで髪を拭きながら近づいてくる。

「何を見てるんですか?」

「学費。やっぱ医学部は高いな」

「そんなこと、瞳は考えなくてもいいです。瞳はまず、受験の準備を」

「ああ。それも大変そうだ」

苦笑を浮かべ、パソコンを閉じた瞳は身体を起こしてあぐらをかいた。後片づけも済ませ、渚と薫は一階へ下りていったので、二階には仁と二人きりだ。照明も居間の一部を除いて落としてあり、仄暗《ほのぐら》さが部屋の静けさを増している。

「…大丈夫ですか?」

ソファに座った仁が尋ねてくるのに、瞳は小さく笑って頷いた。二人になったら。甘い言葉よりも先に、仁は自分を気遣うとわかっていた。

渚の…薫もだけど…告白に、ショックを受けているのが仁はよくわかっているだろう。怒りでも失望でもないのだけど、ショックだったのは確かで、ちゃんとした言葉にならない複雑な気持ちが心を覆っている。

「本当に…全然気づいてなかったんだ。お前は…知ってたのか?」

「いいえ。俺も今日、初めて聞きました。でも、薫は知ってたようですね」

「ああ。…あいつら…二人して、俺に気を遣ってたんだなって思って…。いや、俺に迷惑をかけないようにしてるのはわかってた。飯だ、弁当だって、そういう小さな甘えとかとは別に、成績だって素行だって、ちゃんといい子でいようって…」

「渚も薫も、元々いい子です」

「うん。そうなんだけど…父さんや母さんに十八まで育ててもらって、俺がいい子だったのとは…やっぱ、違うと思うんだ。俺も一生懸命だったけど、あいつらも一生懸命だったんだって…改めてわかったというか…。なんか、最近、思い知ることが多くて…大変だ」

ふう…と小さな溜め息つきで話すと、仁に手招きされた。不思議に思いつつ近づくと、ソファに座るように求められる。何気なく隣に座ったら、強引に膝枕で寝かせられた。

「…なに?」

下から仁の顔を見上げて理由を尋ねる。薄く笑みを浮かべた仁は瞳の髪を撫で、考えすぎなくていいと諭した。

「瞳はなんでも一人で抱え込んで、考えすぎてしまうんですから。もっとポジティブに…楽観的に考えた方がいいです。瞳が医者になると決めたことで、渚と薫もそれぞれの道を歩けるんですから、よかったじゃないですか」

「……。まあ…そうなんだけど」

「皆、別々にやりたいことがあるなんて素晴らしいです。俺は皆を応援しますから」

「……ありがとう。…まあ、薫はまだまだ怪しい感じだけどな」

「そうですか？　薫は三人の中で一番しっかりしてると思いますけど」

「しっかりじゃない。ちゃっかりだ」

うん…と自信満々に言い切る瞳を笑い、仁は身を屈《かが》めて口づけようとする。けれど、体勢に無理があって届かず、悔しそうな表情になる仁に、瞳は上半身を起こして口づけた。啄むようなキスをしてから、いたずらっぽい笑みを向けると仁が眉をひそめる。

「なんだよ」

キスしたのが不満だったのかと、膝枕のまま仁を見上げて聞くと、渋面で首を振る。

「まさか。逆ですよ。瞳はずるいなと思って」

「ずるい？　どこが？」

「全部です」

素敵すぎなんですから…なんて呟く仁に、瞳は笑いながら「バカじゃないの」と言い捨てる。バカと言われて少し嬉しそうになる仁がますますおかしくて、笑うのを止められなくなった。

仁だけでなく、渚や薫からも励ましをもらい、瞳はやっと一歩を踏み出した。まずは医学部に合格しないと話にならない。久しぶりに受験勉強を再開した瞳は六年というブランクの厳しさをまざまざと見せつけられつつも、懸命に学業に取り組み始めた。

そして、その週末。

「お願いします！　今度は絶対に倒れませんから！」

「……」

金曜の夜。再び、海の家でのバイトに行くという渚と、瞳は険相で向き合っていた。先週、脱水症状で倒れて救急病院にお世話になった渚は、もうバイトには行かないだろうと思っていたのだが。

「オーナーからもできるなら来て欲しいって言われてるんだ。兄ちゃんにも気をつけさせるからって伝えて欲しいって」

「気をつけなきゃいけないのはお前自身だろう？　大体、絶対に迷惑はかけないって宣言したくせに、皆に心配かけたじゃないか」

「はい。わかってます」

厳しい口調で返され、渚は正座した背中をぴしりと伸ばして返事する。よく反省はしているようだし、バイト先からも来て欲しいと言われているのなら、迷惑ではないのだろうが、保護者としては迷うところもでもある。

神妙な顔つきで黙っている瞳に、渚のために助け船を出すのは仁と薫だ。

「瞳。渚は同じ失敗を繰り返すような子ではありません。先週のことを教訓にして生かせるはずです」

「そうだよ、兄ちゃん。それに今度はきっと店の人とかも気を配ってくれると思うし、大丈夫だって」

「そういうのが申し訳ないんじゃないか」

働きに行く…しかも賃金をもらうというのに、余計な世話までかけてしまうのが瞳としては申し訳なかった。だが、それを理由に止めるほどのことでもない。

また無理をして倒れるようなことがあれば、二度とさせないぞ…と瞳は真剣な顔で渚に申し渡した。

「…じゃ、いいの？　兄ちゃん」

「ああ。とにかく、自分の体力とか考えて、休憩を取るようにして…」

「やった！　オーナーに電話しないと」

「よかったね、渚。俺も行くからさ」

渚の喜びに紛れ、さりげなくつけ加える薫を瞳は眉をひそめて睨む。部活が休みの日に海水浴に行くのは構わないが、薫の場合、どうもちゃっかりしすぎている。宿題はやったのか？　と意地悪を言ったところで、とうに終わらせてしまっているから、説教するネタもない。

「まあまあ、瞳。俺たちも日曜あたりにまた行きませんか?」

「いや、俺はもういい。お前、行きたいなら薫に連れていってもらえよ」

「そうだよ、仁くん。一緒に行こう。兄ちゃんも忙しいかもしれないけどさ。お盆の花火大会だけは行こうね」

医学部受験に向け、再び忙しい日々を送り始めた瞳を、薫は花火大会へ誘う。毎年、お盆に海水浴場で行われる花火大会は大きな規模ではないが、打ち上げ花火も上がるし、地元の人間にとっては夏の風物詩の一つである。

穂波家でも都合がつく限り、三人で海水浴場を訪れてきた。両親が生きていた頃も毎年、家族全員で行っていた。仁にも覚えがあるようで、ぱっと顔を輝かせる。

「花火大会って前にパパとママも一緒に行ったやつですね。今年もあるんですか?」

「毎年あるんだよ。今年は…」

「花火が上がるのは十四日だよ」

会場ともなる海水浴場の海の家でバイトしている渚がすかさず答える。月日が経つのは早いもので、もう八月に入っている。来週末くらいからお盆休みに入る企業なども多く、海の家はさらに忙しさを増すのだと渚は言い…。

「だからさ、兄ちゃん。お盆休みの間は普通の日でも毎日来てくれないかって言われてるんだけど…」

「何言ってんだ！　まず、今度の土日を乗りきってから言え！」

気が早いと叱られ、藪蛇《やぶへび》になりそうだと渚はコードレスフォンを手に一階へ逃げていく。

薫もついでに一階の自室へ戻って行き、二人きりになると仁は真剣な顔で花火大会へ行こうと瞳を誘った。

「絶対に瞳も一緒に行きましょうね。それくらい行ったたって、受験勉強に支障はないでしょう。前の時だって皆で行ったんですから」

「ああ、わかってる。楽しみなのか？」

「はい。とても綺麗でしたから。あれがもう一度見られるなんて、最高です」

有名な花火大会に比べたらしょぼい内容だろうけれど、初めて打ち上げ花火を見た仁には鮮烈な記憶として残っているらしかった。瞳も幼い頃から毎年見ていても飽きることはなく、とてもいいものだと思っている。皆で行こうという約束をするだけで、わくわくした気持ちになれた。


翌朝、渚はバイトに、薫は部活に出かけていき、仁も庭の畑いじりに出ていった。瞳が一人、居間で勉強を始めて間もなくした頃だ。インターフォンが鳴った。

「……?」

時刻はまだ九時過ぎで、訪ねてくる相手に心当たりはない。畑にいる仁にインターフォンは聞こえていないはずで、瞳はシャープペンシルを置いて腰を上げた。

階段を下り、「はいはい」と返事しながら玄関のドアを開ける。回覧板なら郵便受けへ入れていってくれるし、町内会の用事でもあるのだろうか。早朝だから近所の人だろうと思いつつ開けたドアの先には、先日、アメリカへ戻っていったポールの姿があった。

「ポールさん!」

「長い間、留守にしてすみませんでした。ただいま、帰ってきました。…あの、これはお土産…ではないのですけど、皆さんでお召し上がりください」

にっこりと微笑み、ポールが差し出してくる紙袋は有名デパートのものだ。中にはまたしても高価そうな洋菓子らしき包みが入っており、瞳は恐縮する。

「こんな…お気遣いいただかなくても。何もしてませんし」

「本当は向こうの土産物を渡せればいいのでしょうが…残念ながら、アメリカにはそういう文化はないのです」

「はあ」

確かに、アメリカ土産と考えて思い浮かぶのはマカデミアナッツのチョコレートくらいだ。それだって本当に名産品なのかどうかは怪しい。食文化に関しては非常に貧しいのだと、ポールは憂い顔で嘆く。

「その点、日本はどこに行っても優秀な土産物があって素晴らしいですね。そちらは帰りがけにデパートに寄って求めたものなのです。すみません」

「いや、ですから、本当にお気遣いなく…」

「皆さん、お変わりなく、お元気ですか?」

困った気分で言いかけた瞳に、ポールは笑みを浮かべたまま尋ねた。その問いかけが仁を含む穂波家を気遣っているだけではないのに気づき、瞳は内心でどきりとする。

アメリカへ戻って行く前、ポールは仁に異変があれば報せてくれるようにと、連絡先を残していった。彼が恐れていたのは、父親であるエドワードが仁に接触することだったのだが…。

「…はい」

ポールが帰ってきて留守中のことを聞かれたらどう答えるかは、決めてあった。けれど、実際に問いを向けられると小さな迷いが生まれ、一瞬、返事が遅れてしまった。それを敏感に察したポールは、眼鏡の奥の目をすっと光らせる。

「何かありましたか?」

「はあ…。実は…渚がバイトを始めたんですが、働きすぎて倒れてしまって…救急で手当を受けたんです」

「それは……大変でしたね。それで、弟さんは?」

「いえ、すぐに元気になって。今日もバイトに出かけていきました。すみません、ご心配かけるようなことを話してしまって。お変わりなく…って言われたんで、そういや、一人倒れたなあって思い出しちゃって」

「お元気になられたならよかったです」

渚の話題を出したのは功を奏し、ポールをうまくごまかすことができた。それに嘘はついていないという思いがあったせいもある。エドワードは仁には、接触していない。

「仁は畑にいるはずですよ。呼んできましょうか?」

「いえ。穂波さんが呼んでくださっても、仁が私に会いに出てきてくれるとは思えません」

「そ…そうですね」

「また皆さんがお揃いの時にお邪魔してもよろしいでしょうか?」

ポールの問いに「もちろんです」と答え、瞳は玄関先に紙袋を置いて、彼を見送りに出た。門の先にはジョージの姿があり、瞳を見ると律儀にお辞儀する。

「ジョージさんもお帰りなさい。ポールさんたちのお帰りなさいパーティをしなきゃいけないですね」

「いえ、そんな。また仁に疎まれますから」

真剣な顔で首を横に振るポールを笑って、瞳は弟たちに提案しておくと続ける。渚と薫はパーティという響きに弱い。喜んで計画するに違いない。

二人が隣家の方へ消えて行くと、瞳は家を回って庭の畑へ向かった。麦わら帽子姿で作業していた仁は、瞳の姿を見た途端に「ポールですか?」と尋ねてくる。

「なんでわかるんだ?」

畑のある庭から玄関先は建物が邪魔をして見えない。どうしてわかったのかと驚いて聞く瞳に答えず、仁は収穫物を入れたかごを脇に抱えて畑から出てきた。

「うまそうなトマトだな」

「形が不細工なのもありますが…スープにしてもいいですよね」

仁から渡されたかごにはトマトにきゅうり、茄子にピーマン、オクラといった夏野菜がごろごろ入っている。全部を使って、カレーというのもいいな…と呟く瞳を、仁はじっと見下ろしていた。

その視線に気がつき、瞳は顔を上げる。真面目な表情であるのに気づき、怪訝に思って「どうした?」と聞いた。

「…あの人のこと、ポールに言わなかったんですね」

「………」

それもどうしてわかったのかと訝しく思ったけれど、聞いても答えないだろうからと、瞳は軽く肩を竦める。

「だって、ポールさんはおじさんがお前に接触したら教えてくれって言ったんだ。…お前は会ってないだろ？」

「ええ」

頷く仁の顔には苦笑が浮かんでいる。ポールに言わなかったのは正しかったのだろうと思いつつ、「だから」と瞳は結んだ。

「よし。やっぱり、今日は夏野菜カレーにしよう。天気もいいし、茄子とかピーマンは軽く干そうかな」

「干すって？　洗濯物みたいにですか？」

「ああ。干すと野菜の甘みが増すんだ」

かごの中身を見て、ゴーヤはないのかという瞳の注文を受け、仁はゴーヤの棚へ向かう。まだ少し小さいけれど、カレーに入れるには十分なサイズのものを収穫し、瞳に手渡した。

「ポールさん、カレー好きかな。今晩、呼ぼうかな」

後日、渚と薫に計画させて…と思っていたけれど、仁が栽培した野菜で作るせっかくのカレーだから、ポールたちにも振る舞いたい。そう思ったのに、仁は案の定、顔を顰めて首を横に振る。

「冗談でしょう？　どうしてポールを？」

「お帰りなさいパーティしようって誘ったから」

「なんでポールが帰ってきたのを祝わなきゃいけないんです？　逆ですよ、瞳。あいつは帰ってこない方がいいんです！」

「相変わらず、お前はポールさんに意地悪だよなあ」

「意地悪じゃありません！」

ムキになって言う仁を呆れた目で見て、瞳はかごを手に家へ戻る。カレーは渚と薫も大好物だ。皆で賑やかに食べた方が美味しいに決まってる。仁の意見は無視してポールたちを招待しようと決めた。


午後になると、瞳はスーパーひよどりへ買い物に出かけた。仁とポールだけなら、肉の入っていないカレーでも満足してくれるだろうが、肉命の弟二人には通用しない。ちらしには出ていなかったけれど、鶏肉が安く売っていないかと期待しつつ、店を訪れた。

「…むう…」

近隣のスーパーの中では激安店として知られるスーパーひよどりでも、やはり鶏はもも肉よりも胸肉の方が安い。本当はもも肉を使いたいところだが、財布的には胸肉だ。渚と薫のクレームを覚悟して、胸肉をかごに入れた。

他にも特売品の納豆や卵、牛乳などを買い求め、レジで会計を済ませた。さほど買い物するつもりはなく来ているのに、どうしても大量になってしまうのは反省すべきところだろうか。

「けど…なくなるんだよな」

どんなに買っても余ることはありえない。いつか二人も食欲が落ち、食材が余ったりする日が来るのだろうか。憂いながら自転車に荷物を積んでいた瞳は、どこからか見られているような気がして、周囲を見回した。

「……」

ベンチに座って手を振っている相手を見て、気のせいでなかったとわかる。瞳は手招きしてくる相手に苦笑を返し、自転車に荷物を残して、近づいていった。

「飲まない？」

パナマ帽にサングラス、半袖のシャツにハーフパンツ、ビーチサンダルという格好で、缶コーヒーを差し出してくるのはエドワードだ。瞳は小さく息をついて缶を受け取り、エドワードの隣に腰掛けた。

急な雨に見舞われたあの日以来、エドワードは姿を現していなかった。また現れるのでは…と危惧していたけれど、姿が見えないのは仁に話をしたせいではないかと、なんとなく思っていた。そして…。

「…ポールさん、帰ってきましたよ」

「みたいだねえ」

エドワードが三度現れたのは、彼が「眼鏡」と呼ぶポールの帰国と無関係ではない気がする。そんな瞳の予想通りの理由を、エドワードは肩を竦めて明かす。

「眼鏡とバッティングすると厄介なんで、姿を消そうと思ってね。でも、その前に。君に一言、お礼が言いたかったんだ」

「お礼？」

「仁に取りなしてくれたんだろう。助かったよ」

仁にエドワードと会ったことは話したが、「取りなした」覚えはない。不思議に思って首を傾げる瞳に、エドワードは続けた。

「仁には会えなかったが、自由にはなれた。仁が動いてくれたおかげだろう」

「…どういう意味ですか？」

「まあ…いろいろと誤解が生じて…実は、追われる身なんだ。それで死んだことにしておきたいんだが、俺に関する情報が残っていて、存在を察知されたらトレースされてしまう。それに…仁が作ったシステムに上げられたら終わりだ。なんで、そのあたりを仁になんとかして欲しかったんだが、すべて問題はクリアになった」

「……。仁が…何かしたんですか？」

「仁以外にはできないことをね」

にやりと笑い、エドワードはサングラスをずらして、青い目で瞳を見る。透き通った眼球の奥がきらりと光った感じがして、瞳はなんとも言えない気分になった。ポールを相手にしていると、時折覚える違和感めいたものと同じ感覚で、やはりポールとエドワードは同じ世界の人間なのだと確信する。

同時に……仁も。缶コーヒーを手にしたまま、動かないでいる瞳に、エドワードはサングラスを戻して飲むように勧める。

「ぬるくなってしまうよ」

「……。おじさんは…これからどこへ？」

「さあ。どこへ行こうかな」

エドワードの口ぶりはあくまでも軽い調子で、まるで休暇の旅行先を考えているみたいだ。ベンチのある場所は庇によって陰になっているけれど、その先には強い陽差しが照りつけている。白く見える駐車場のアスファルトを見つめ、瞳は缶コーヒーのプルトップを開けた。

一口飲むと、エドワードが独り言みたいに話し始める。

「仁の母親が亡くなった後、俺があいつを引き取ったのは仁に特別な能力があったからなんだ。もしも仁が普通の子供だったら引き取らなかった」

「そんな……」

「俺が子供と暮らせる男だと思うかい？」

ひどい台詞に瞳は眉をひそめたが、開き直ったように尋ねてくるエドワードには何も返せなかった。見るからに怪しげなエドワードに父親としての役割が務まるとはとても思えない。

押し黙る瞳に、エドワードは身勝手な話を続ける。

「仁は天才ってだけじゃなくて、扱いやすい子供だった。俺が与えたのは金だけだ。それさえもすぐに自分で稼ぐようになり、俺はあいつの能力にずいぶん助けてもらった。六年前、日本へ来たのは…仁が望んだからだ。あの頃、あいつは仕事に飽きてきていてね。やめられても困るから要求を飲んだんだ。仁の存在は隠さなくてはいけなかったから、山奥の一軒家を選んだつもりが、…隣に君の家があったんだよ」

そして、仁は穂波家の皆と出会った。ごく普通の、日本のどこにでもいるような一家。息子と同じように接してくれる両親に感動し、同じ歳の瞳に恋をして、小さな弟たちを大切に思った。

「頭の回転が速くて、毒舌で、誰にも懐かなかった仁がまさか、隣の一家をあんなに無条件で慕うなんて考えてもいなかった。でも、仕事に支障を来さないのであればいいと考え、放置していたんだ。…そんな中、思いがけないトラブルに巻き込まれてね。仁をアメリカに連れ帰らなくてはいけなくなった」

六年前、仁は「すぐに戻ってきます」と言い残していった。きっと、本人はそのつもりだったのだろう。信じてはいたが、改めて事実を聞かされると、仁に対して抱いた疑惑のすべてを恥じたい気分になる。

「俺は自分の身の保証と引き替えに、仁をあるプロジェクトに参加させる契約を結んだ。研究施設に缶詰になり、その仕事が終わるまでそこから出してもらえないと知ると、猛然と反抗したが、契約は成立してしまっていたからね。仁はバカじゃない。自分が不用意な行動を取れば…強引に研究所から逃げ出して君のもとへ戻るような真似をすれば、君や君の家族にも迷惑がかかるとわかっていたんだろう。しぶしぶ…ものすごくね…仕事を始めた。その間も君に連絡が取りたかったんだろうが、ずっと我慢していたよ」

「どうしてですか？」

「君の存在を知られれば、今度は君を人質に取られかねない。自分が優位な立場に立てるのを待っていたんだろうな」

六年もの間、どうして一度も連絡をくれなかったのかと、訝しく思っていた。だから、突然現れた仁に冷たい態度を取り続けてしまったのだが…。

「二年前、別のトラブルで俺は自分を死んだことにするしかなくなり、仁とも接触を持てなくなった。仁の方はほっとしただろう。迷惑をかける俺はいなくなったし、契約内容さえ遂行すれば自由の身になって、君のもとへ戻ってこられる。その一心で仕事してたんじゃないのか。…まあ、眼鏡がついてきてるのは計算外だったのかもしれないが」

「…おじさんって……トラブルを起こしてばかりなんですね」

仁がうんざりする気分もわかると思い、瞳はしみじみ呟いた。そんな反応がエドワードには意外で、目を丸くして瞳を見る。サングラス越しにもエドワードが目を見開いているのはわかり、瞳は苦笑して冷たいコーヒーを飲んだ。

「…一つ、聞いてもいいか？」

「なんですか？」

「どうして眼鏡に俺のことを言わなかったんだ？」

「仁と同じことを聞くんですね」

やっぱり親子だなと思い、瞳は笑って缶を握り直す。どうしてなのかと考えて浮かぶ理由は一つ。エドワードは仁の父親だからだ。

「…俺、おじさんのこと、嫌いじゃありませんよ」

「仁よりいい男だから？」

ふっと唇を歪め、不遜《ふそん》な台詞を口にするエドワードを見て、瞳は失笑する。仕方ないなあ。エドワードと話していて感じるのは、子供の悪戯《いたずら》を見つけた時のような気持ちだ。愛嬌《あいきょう》のある仕草は強く叱る気を起こさせないのだけれど。

ただ…仁にはもう、迷惑をかけて欲しくない。それだけは強く伝えておこうと思い、真剣な目でエドワードを見つめた。

「俺は…あそこで仁とずっと暮らしていけたらと思っています。おじさんがそれを邪魔するようなら……残念ですが、ポールさんに相談します」

「わかってる。二度と、仁に迷惑をかけたりしないって誓うよ。今回のことも…仁の最後の情けだと思ってる。仁に…ありがとうと伝えておいてくれ」

真摯な言葉を受け止め、瞳が「わかりました」と返事するとエドワードは小さく息をついた。遠くで鳶《とんび》が鳴いている。甲高い鳴き声が青く澄んだ空に溶けていく。今はまだ無理でも、いつか仁とエドワードが穏便に会える日が来るといいなと願った。


スーパーひよどりからの帰り道。海水浴場の海の家へ渚の様子を見に行こうかという考えが過ぎったのだが、生ものを買っていたし、過保護だという思いもあって自宅へ直帰した。行きは下り道だからすいーと重力に任せられるけれど、帰りは上りだから苦労を要する。夏の午後、いつまでも日は高くて、汗をかきながら家に着くと、門を開けたところで「お帰りなさい」という声がどこからともなく聞こえた。

「…?」

不思議に思って見回せば、ガレージに仁が立っている。どうしたんだ？　と聞く瞳に、仁は迎えに行こうかと思っていたのだと答えた。

「遅いから心配してたんです。何かあったのかと」

「何もないよ。ごめん、ごめん。もも肉と胸肉で悩んでたからかな」

「どっちにしたんです？」

「胸肉。煮込めば同じだ」

ふふん…と不敵な笑みを浮かべ、瞳は自転車をガレージへ戻す。荷物を仁に任せ、先に家へ入って二階へ上がると、真っ先に冷蔵庫を開けて麦茶を取り出した。グラスに冷たい麦茶を注いで一気飲みする。

「…ふう。やっぱ暑いな」

「一番暑い時間に出かけていくんですから」

「だって。夕方から買い物に行ってたらばたばたするだろう。午前中に行かなきゃいけなかったな」

後から荷物を運んできた仁が冷蔵庫へ食材をしまっているのを横目に見ながら、瞳はお代わりを注いだ。今度は一口飲んでグラスを置き、「なあ」と呼びかける。

「なんですか？」

「ずっと…一緒にいような」

「………」

突然、瞳からかけられた言葉は仁にとって驚くような内容だった。驚愕した表情で振り返った仁が冷蔵庫を開けっ放しでいるのを見て、瞳は淡々と注意する。

「ドア、閉めろよ。電気代がもったいない」

「……あ……はい……。…あの、…瞳」

「なに」

「今…なんて言いました？」

信じられないとでも言いたげな様子で聞き返す仁を、瞳は微かに眉をひそめて見た。二度、言うことでもないと思ったけれど、しつこく尋ね続けられるのも厄介だ。ぶっきらぼうな口調で同じ台詞を繰り返す。

「ずっと一緒にいようって言ったんだ。…嫌なのか？」

ついでに眉間に皺を刻んだまま尋ねると、仁は盛大に首を横に振った。とんでもない！と慌てて言い、瞳に近づいて愛おしげに抱きしめる。

「暑いよ」

「……何かあったんですか？」

仁の声に心許なげな調子が含まれているのを感じ、瞳は小さく息をついた。本当は坂を上ってきた身体がまだ熱くて、仁の抱擁もうっとうしく感じられたのだけど、背中に手を回して軽く添える。仁が安心できるよう、掌に気持ちをこめた。

「何もない。素直にそう思ったから口にしただけだ」

仁はなんでもお見通しのようだから、エドワードと会ったことも知っているのかもしれない。けれど、エドワードからいろんな話を聞いたのだと伝えるには、早急な気がした。もう少し、自分の中で嚙み砕いてみてから、ゆっくり話し合おう。

　そんなことを考えて顔を上げると、仁が物言いたげに見ていた。納得していない様子がありありで、瞳は苦笑して別の理由を挙げる。

「だって…お前に大学へ行く金を出してもらって…俺はそれを働いて返さなきゃいけないじゃないか。そんな短時間で返せる額じゃない。ずっと一緒にいないと」

「返すって…そんな、俺は瞳からお金を返してもらうつもりなんかありませんよ」

「俺は何年かかっても返すつもりだぞ」

　お互いの考えが食い違っていて、至近距離で言い合いになってしまう。仁に腰を抱かれたまま、瞳は真面目な顔で返済計画を立ててみせた。医者になれたとしても、実際のところ、勤務医というのはさほど高給取りというわけでもないのは、父を見ていたからわかっている。それでも一般的な職業より高給なのは確かだ。

「給料がいくらもらえるかわからないけど、十万以上は返済に回せると思うんだ。月十万として、年間百二十万だろ？　十年あれば…なんとかなるかな。利息はまけてくれよ」

「瞳…」

　困った顔で呼びかけ、仁は力なく首を振る。本当にお金なんかいりません…と繰り返してから、瞳の唇を優しく塞ぐ。甘えるみたいなキスをしてから、いいことを思いついたという

ように、唇の端を上げた。

「…お金はいりませんから、他のことで返してください」

「……。…まさか…キスしろとか？」

「それもいいですけど…キスは俺からしたいので。キスじゃなくて…告白が欲しいです。好きだって…瞳の声で言って欲しいです」

「……」

キスで返せ…と言われたとしても戸惑っただろうが、言葉で返せというのはさらに予想外で、瞳は困惑した。まじまじと見つめる瞳に、仁は夢見ているみたいにうっとりと呟く。

「好き一回で、一万円とか。愛してるなら、十万円とか。どうです？」

「そんな価値あるのか？」

「あります」

きっぱり言い切る仁を見ながら首を捻り、瞳は試しに望まれた言葉を口にした。

「好き…」

単に言葉を口にするくらいで金の代わりになるとはとても思えなかったのだが、意外な緊張感と恥ずかしさがあって、戸惑ってしまう。仁が期待に満ちた目で見つめているせいもあるのだと思い、瞳はその手から離れ、背を向けた。

仁を見ない体勢なら言えるだろうと思い、口を開こうとするのだが、なかなか声にならない。

「…………」

「瞳?」

思えば、仁はしょっちゅう好きだの愛しているだの、甘い告白を向けてくるけれど、自分が口にしたのは数少ない。それも甘い雰囲気に流されるようにして口走った覚えしかなかった。

それは…つまり、恥ずかしかったからなのだ。新たな事実が判明すると同時に、これは難題だぞと頭を抱える。金銭で返した方が楽なんじゃ? と思うけれど、仁は納得しないだろう。確かに、価値があるのかもしれない。

「…そ…その件についてはまた今度、話し合おう。カレー作らなきゃいけないし」

軽い気分で約束してしまったら窮地に追い込まれる気がして、瞳はあたふたとごまかし、カレー作りに取りかかる。干しておいた野菜もそろそろ水分が飛び、甘みを増しているだろう。胸肉だとばれないように、鶏肉をとろとろに煮込まなきゃいけないし、忙しいのだ。

「ほら。お前も手伝えよ。ポールさんも呼ぶんだから」

「……嫌です」

「ぼそりと言うな」

仏頂面になる仁を窘め、瞳はテラスへ向かう。燦々《さんさん》と夏の陽差しが降り注ぐテラスデッキではざるに広げられた野菜たちが真っ白な光を浴びていた。しゃがんでそれを一つずつひっくり返して様子を見る。一緒にテラスへ出てきた仁は、洗濯物を取り入れ始める。

何気なく見上げた先に、仁がいて、瞳は小さく微笑んだ。好きだ。愛してる。そんな言葉をてらいなく言える日だって、きっと来る。こうして共に過ごせる日々が訪れてくれたように。そう信じて、瞳は仁に聞こえないような声で「好きだ」と告白した。

あとがき

こんにちは、谷崎泉です。正直、第二弾が書かせてもらえるとは思っていなかった（あの内容で？　という突っ込みは胸にお仕舞いくださいませ…）魔法使い～の第二弾、「魔法使いの告白」をお届けいたしました。これもひとえに読者様…それに担当と陸裕千景子先生の愛あってこそだと思っております。ありがとうございました。そして、お読みいただいた皆様がお気に召してくださるようなお話になっているのを願うばかりです。

さて、今回ものんびりペースは変わりなく…。瞳は相変わらず食費に頭を悩ませ、ご飯ばかり作っている毎日でございます。そして、仁くんは畑まで始めてしまい…。ますます所帯じみたお話に仕上がった感がいっぱいでございます。そんな中、チョイ悪親父が頑張ってくれまして…！（たぶん）仁くんパパの存在感でなんとか…イケてる感じになっているといいなと…（なんか違うような気もしますが…）。

スロウペースな展開ながらも、瞳は仁くんの助けを借りて医師を目指すと決意し、仁くんもまた、父親へのわだかまりが少しだけ溶けたようです。いろんな人の思いが少しずつ重なって実を結んでいくような、そんなお話だと思っているので、どんな場面もおおらかに受け止めてくだされば幸いです。人生楽ありゃ苦もあるさ〜。互いの喜怒哀楽を見守っていけるのが家族というものなのかなあと思います。

前作に引き続き、挿絵を担当してくださいました陸裕千景子先生、ありがとうございました。毎度毎度、お世話をおかけしましてすみません。絶対の信頼感でお任せできるのを本当にありがたく思っております。同じく、気長に面倒を見てくれている担当さん、毎度ありがとうございました。

今回もおつき合いくださいました読者の皆様にも厚く感謝しております。衝撃的な内容は一つもありませんが（恐らく）それでも心に響くお話であれば幸いです。いい日も辛い日も一つ一つ積み重ねていけば、たくさん笑える日がたくさん来るのだと信じていましょう。

秋の気配を感じながら　　谷崎泉

谷崎泉先生、陸裕千景子先生へのお便り、
本作品に関するご意見、ご感想などは
〒101-8405
東京都千代田区三崎町2-18-11
二見書房　シャレード文庫
「魔法使いの告白」係まで。

本作品は書き下ろしです

CHARADE BUNKO

魔《ま》法《ほう》使《つか》いの告《こく》白《はく》

【著者】谷崎泉《たにざきいずみ》

【発行所】株式会社二見書房
東京都千代田区三崎町2-18-11
電話　03(3515)2311［営業］
　　　03(3515)2314［編集］
振替　00170-4-2639
【印刷】株式会社堀内印刷所
【製本】ナショナル製本協同組合

落丁・乱丁本はお取り替えいたします。
定価は、カバーに表示してあります。

ISBN978-4-576-12139-0

http://charade.futami.co.jp/

CHARADE BUNKO

スタイリッシュ&スウィートな男たちの恋満載

谷崎 泉の本

魔法使いの食卓

俺に安心をくれるのは…お前だけなんだよ

イラスト＝陸裕千景子

穂波家は長男の瞳が弟二人を養いながら暮らす三人家族。そこへ六年前に行方不明になった隣家の仁が戻ってくる。無邪気に喜ぶ弟たちをよそに、仁への複雑な思いがある瞳は素直に喜べない。働いて、食事をして…平凡に日々を積み重ねていた瞳に、仁の優しさは空白の時間を経てもなお、あたたかくて——。